KB078294

그레이트 원

FUSION FANTASTIC STORY

천중화 장편 소설

그레이트 원 8

천중화 장편 소설

초판 1쇄 찍은 날 § 2014년 9월 22일
초판 1쇄 펴낸 날 § 2014년 9월 26일

지은이 § 천중화
펴낸이 § 서경석

편집부장 § 권태완
편집책임 § 박은정

펴낸곳 § 도서출판 청어람
등록번호 § 제387-1999-000006호
등록일자 § 1999. 5. 31
어람번호 § 제1-1945호

주소 § 경기도 부천시 원미구 부일로 483번길 40 서경B/D 3F (우) 420-822
전화 § 032-656-4452 팩스 § 032-656-4453
http://www.chungeoram.com
E-mail § chungeorambook@daum.net

ISBN 979-11-316-9209-7 04810
ISBN 979-11-5681-955-4 (세트)

그레이트 원

FUSION FANTASTIC STORY

천중화 장편 소설

8

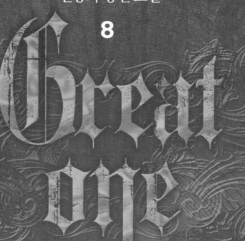

Great One

도서출판 청어람

CONTENTS

그레이트 원

Great one

1장

북한 공연

〈10KG FINE GOLD 999.9 D.P.R.K〉

조선민주주의인민공화국, 북한의 영어 이니셜 D.P.R.K가
선명하게 찍혀 있는 10kg짜리 금괴였다.

그것도 순도가 가장 높다는 소위 '포 나인 999.9'의 순금 금
괴.

귀금속의 순도는 백분율이 아니라 천분율로 계산한다.

천에 가까운 숫자가 새겨져 있을수록 그 순도가 높다는 뜻
이다.

"하나, 둘, 셋, 넷… 스물."

흰 장갑을 낀 큼직한 손이 금괴를 하나씩 세어 한쪽 테이블

로 옮겼다.

채나 매니저 방그래였다.

확실히 방그래는 인간 공룡 소리를 들을 만했다.

벽돌만큼이나 큰 금괴를 마치 장난감 블록을 쌓듯 가볍게 옮겼다.

반짝!

방그래가 수북하게 쌓인 금괴의 숫자를 꼼꼼히 기록한 뒤 휴대폰으로 재빨리 사진을 찍었고.

"10kg짜리 20개, 5kg짜리 40개, 1kg짜리… 정확히 맞습니다, 회장님!"

숫자들이 기록된 노트북을 채나에게 건네주며 나직이 보고를 했다.

"수고했어, 방 부장!"

채나가 미소를 띠며 고개를 주억거렸다.

방그래를 매니저로 선택한 판단은 아주 현명했다.

금괴의 숫자를 파악해 컴퓨터에 기록하고 사진까지 찍는 세심함.

방그래는 체격과는 정반대로 지독한 꼼꼼쟁이 아가씨였다.

"이곳에 서명을 좀 해주십시오, 김채나 씨!"

양복을 걸친 사십대 남자가 채나에게 만년필과 서류철을 내밀었다.

채나가 서류철을 살펴보며 찬찬히 사인을 했다.

평양 등 북한의 3개 도시를 돌며 4회에 걸쳐 하기로 한 공연.

개런티로 무려 5,000만 달러를 받기로 합의를 한 그 공연의 계약금을 받는 자리였다.

계약금은 말 그대로 돈이 아닌 진짜 금(金)이 왔다.

북한의 관계자가 직접 한국을 방문해 지금 막 채나에게 500만 달러어치 금괴를 건넸다.

대한민국 안전기획부에서 운영하는 안가(安家)의 거실에서.

금 한 돈(3.75g)에 5만 원이 조금 넘던 시절이었다.

방그래가 한참 동안이나 셀 만큼 금괴의 양이 많았다.

물론, 이 자리에는 한국 정부의 관계자들도 배석했다.

채나 뒤에서 각을 잡은 채 지켜보는 이십여 명의 기관원.

모두 청와대, 통일부, 안기부, 기무사, 검찰 등에서 몰려온 대공 분야 전문가들이었다.

다른 연예인들 같았으면 통일부나 안기부에 신고를 하고 간단한 교육만 받으면 끝난다.

하지만, 건국 이래 최고의 스타라는 채나의 5,000만 달러짜리 북한 공연이었다.

정부 각 부처에서 소란을 떨 수밖에 없었다.

또 이런 역사적인 순간을 촬영조차 하지 않는다고 걱정할 필요도 없었다.

장소가 장소인지라 방그래가 금괴를 올려놓은 탁자 밑을 시작으로 실내 곳곳에 수십 마리의 벌레(도청장치)가 숨어서 여름 한낮의 숲 속에서 매미가 울 듯 신나게 울어댔다.

천정 위에 매달린 고급 크리스털 샹들리에는 실내를 밝히는 전등 역할도 했지만 실은 가죽 소파 속에서 기어 다니는 진드 기까지 촬영되는 카메라였다.

올 초에 수입되어 인천국제공항과 안기부에 납품된 최신형 독일제 CCTV였다.

지금 이 방에서 벌어지는 모든 일은 청와대와 정부, 군과 검찰 등에 선명한 화질로 생중계되고 있었다.

척!

북한 지도자의 특사로 방문한 조국통일촉진위원회 해외연락부장이라는 조금은 길고도 생소한 직책을 갖고 있는 섭백철이 채나의 손을 굳게 잡았다.

"지도자 동지께서 김채나 선생을 이 세상에서 다시는 볼 수 없는 찬란한 보석 같은 존재라고 치하하셨소. 우리 민족 자손만대의 자랑이고 말이오!"

"헤헤! 무슨 민족의 자랑씩이나……"

채나가 섭백철의 노골적인 찬사에 살짝 얼굴을 붉혔다.

"뵙게 돼서 영광이었소, 김 선생! 멋진 공연을 부탁드리오."

"네! 내년에 평양에서 뵐 게요."

채나와 섭백철이 다시 한 번 악수를 교환했고.

이어 수행원들과 악수를 나눴다.

"수고들 하셨습니다."

"그만 나가시죠, 섭 부장님!"

돌연, 묵묵히 지켜보던 양복을 걸친 사십대 사내 두 명이 섭백철 부장 등을 쫓아내듯 밖으로 안내했다.

안전기획부 요원들로 고위층에 보고할 시간이었다.

"잠깐, 손님들을 배웅해 주시죠? 김 회장님!"

"응! 알았어."

㈜TNT엔터의 피 팀장, 지금은 전주 온누리 호텔과 인터내셔널 광주 호텔의 오너인 피대치 회장이 다가와 채나에게 슬쩍 귀띔을 했다.

민광주 의원은 혹여 채나에게 불이익이 있을까 우려해 피대치 청년국장, 임춘환 조직국장 등 민주평화당이 당직자들을 대거 내려 보냈다.

곧 바로 방그래가 채나에게 모피코트를 입혀줬다.

'핫핫! 오늘 손님을 만나신다고 신경을 많이 쓰셨네. 미모가 눈부셔!'

피 팀장이 새삼스럽게 채나를 흘어보며 탄성을 질렀다.

실로 오랜만에 채나가 성장을 했다.

황금빛 실크 원피스를 걸치고 케인이 결혼 예물로 줬던 다이아몬드 패물 세트를 착용했다. 콩알만 한 다이아몬드가 숭숭 박힌 명품시계까지.

거기에 까만 모피코트와 함께 채나 특유의 순정만화에서 나오는 미소년 같은 외모와 몽환적인 분위기가 어우러지며 그대로 판타지 영화에 나오는 아름다운 공주였다.

살짝 왕자 같기도 해서 더욱 치명적인 매력이 뿜어져 나왔고!

번거로운 것을 굶는 것만큼이나 싫어하는 채나가 성장을 한 것은 방금 만난 북한에서 온 특사 때문이었다.

특사란 그 나라 지도자를 대신하는 한 나라를 대표하는 사람이다.

채나가 평소 즐기는 가죽 재킷에 야구모자 차림으로 만날 수는 없었다.

이제 정치가의 길로 접어든 채나는 거의 퍼스트레이디 자세가 나왔다.

"섭 부장님은 댁이 어디신가요?"

"청진이오."

채나가 섭 부장과 함께 가로등이 환하게 밝히고 있는 주차장을 걸어가며 예전에는 좀처럼 들을 수 없던 접대용 멘트를 던졌다.

"어후! 꽤 먼 곳이네요. 가실 때는 중국을 경유해서 가시나요?"

"그렇소. 상해와 북경을 거쳐 평양으로 들어갈 예정이오."

"아주 잘됐군요. 그럼 중국은행 상해지점에 들러 화국경 총경리를 잠깐 만나고 가세요."

"……."

"그분이 중국에서 판매되는 제 스페셜 앨범 골드CD를 보관하고 있어요. 먼 길을 오셨는데 드릴 건 없고 CD라도 한 장 드릴게요."

"고맙소, 김 선생."

"한때 인터넷에서 미화 5만 달러까지 경매가 됐다고 하던

데… 지금은 얼마나 나갈지 모르겠네요."

"……!"

적성국가인 대한민국을 서슴없이 방문하는 북한 관리라면 이미 깊은 물 높은 산을 건너고 넘은 최고위층이다.

채나가 미화 5만 달러를 중국은행에 맡겨 놨다는 말을 쉽게 알아들었다.

"CD 한 장 정도야 괜찮으시겠죠?"

채나가 미소를 지으며 누군가에게 들으라는 듯 말했고.

"껄껄! 김 선생도 이미 알고 있겠지만 내레 인민군 대장 계급장을 달고 있는 호위총국의 부국장이외다. CD가 아니라 금괴 한 짝이라도 은행에 가서 찾을 끗발은 있수다래."

섭 부장이 몹시 기분이 좋은지 북한 사투리를 섞어서 대답했다.

미화 5만 달러라면 북한에서는 사람 백 명이 죽어 나갈 정도의 거액이었다.

북한의 호위총국은 우리나라 청와대 경호처에 해당되는 조직이다.

섭 부장도 대한민국을 방문하는 여타 북한 요인들처럼 두 개의 신분을 가지고 있었다.

대외적으로는 조국통일촉진위원회 해외연락부장이었지만 대내적으로는 북한 인민군 장군으로 호위총국의 고위관리였던 것이다.

"김 선생 성의는 고맙게 받겠소. 김 선생이 우리 공화국에서 공연을 할 때는 아마 서울에서 공연하는 것보다 훨씬 편안할 거외다!"

척! 섭 부장이 감사를 표하며 거수경례를 했고.

"후우, 감사합니다."

채나도 정중하게 허리를 숙였다.

돈은 이념도 종교도 쉽게 넘는다.

이따금 죽은 귀신도 부린다.

이 사실을 채나는 페이지 회장과 강 관장에게 생생하게 교육을 받았다.

교육받은 그대로 슬쩍 약을 쳤다.

"오참! 내 잊을 뻔했소. 지도자 동지께서 요요림 주석께 꼭 안부 전해 달라는 말씀이 있으셨소."

"…거기 지도자께서 요 주석님을 아시나요?"

채나가 뜻밖인 듯 눈을 깜빡였다.

"무시기 말씀이요? 중국과 우리 공화국은 혈맹관계외다. 어찌 그 유명한 혈룡 요요림 장군을 모르겠소. 이번 김 선생 공연도 요 주석과 지도자 동지께서 말씀이 있으셨던 것으로 알고 있소."

"그러면 그렇지! 어쩐지 개 뜬금없이 북한에서 공연을 콜하더라? 요 영감님이 다릴 놓으셨구만. 에헤헤헤!"

채나가 이제야 북한에서 느닷없이 채나에게 공연을 요청한 이유를 알았다.

중국 인민해방군 상장 요요림 장군.

북경군구 사령원으로 중국 공산당 중앙 군사위원회 부주석을 겸임하고 있는 이 친한파 장군은 강력한 차기 중앙군사위원회 주석으로 떠오르고 있어 외국에서 이미 주석으로 불렸다.

　기억하겠지만 요요림 주석은 선문의 외전제자로서 채나에게는 대사형이 된다.

　한국까지 직접 날아와 마사회 입단식을 지켜볼 만큼 채나를 아꼈고.

　오늘 계약한 채나의 북한 공연은 북풍을 미연에 막고자 요요림 주석이 쓴 계책이었다.

　채나는 간과하고 있었지만 민광주 의원 또한 선문의 제자였다.

　그 민광주 의원이 한국의 최고지도자인 대통령에 출마를 했다.

　해외에 있는 모든 선문의 제자가 실시간으로 연락을 취하며 민활하게 움직였다.

　채나만 모르고 있었다.

　부웅!

　섭 부장이 탄 승용차가 천천히 주차장을 떠났다.

　"역시 늙은 생강이 맵단 말야. 대사형이 아주 세게 한 수 질렀어."

　승용차 위로 눈썹이 유난히 하얀 요요림 주석의 빙그레 웃는 모습이 떠올랐고.

"알았어! 미국 가는 길에 들러서 예뻐해 줄게. 헤헤헤!"

채나의 얼굴이 활짝 펴졌다.

미국, 중국, 일본 등지에서 선문의 제자들이 일치단결해 민광주 의원에게 막강한 화력을 지원하고 있음을 감지했기 때문이다.

"그럼 이제 대충 끝났나?"

채나가 의미심장한 미소를 지으며 주먹을 움켜쥐었다.

이번 대통령 선거에 승리할 수 있다는 자신감이었다.

승용차가 '㈜호남화학 연수원'이라는 입간판이 매달린 철대문을 완전히 빠져나가자 채나가 몸을 돌렸다.

"배고프다, 방 부장! 우리도 가자."

"네! 회장님."

방그래가 씩씩하게 대답했고.

"별채에서 정부 기관원들이 기다리고 있습니다. 잠시 인터뷰를 좀 하시죠?"

피 팀장이 알아듣기 쉽지 않은 말을 전했다.

"정부 기관원들과 인터뷰를 해?"

"일종에 요식행위입니다."

"쓰으! 배고파 죽겠는데……."

"30분이면 충분합니다."

"진짜 춥고 배고파서 정치 못해 먹겠다. 빨리 가!"

"핫핫핫!"

채나가 툴툴거리며 피 팀장과 함께 잔설이 쌓여 있는 길을 걸어갔다.

피 팀장은 정부의 기관원들이 채나의 북한 공연에 대하여 신문을 하고 싶다는 뜻을 인터뷰라는 말로 에둘러 표현했다.

채나의 기분이 상할까 봐 요식행위라는 말도 썼고.

북한은 대한민국의 적성국가다.

응당 북한에서 공연을 하는 채나는 대한민국 정부의 허가를 받아야 한다.

허가를 받기 위해서는 먼저 정부 관계자들의 신문을 받아야 하고!

심문이 아니라 신문이다.

신문(訊問)은 알고 있는 사실을 캐어묻는다는 뜻이다.

심문(審問)은 자세히 따져서 묻는다는 뜻이고.

사전적 의미에서 두 단어는 큰 차이가 없었지만 법률용어에서 신문과 심문은 엄연히 구분된다.

신문은 수사기관에서 어떤 사건의 진실을 알기 위해 캐묻는 절차였고.

심문은 법원이 결정을 하기 전 직권으로 궁금한 것을 물어보는 절차였다.

정부 고위층에서는 채나의 북한 공연이 어떻게 성사됐는지 전모를 알고 싶어 했다.

드르륵!

피 팀장이 장지문을 열었고.

짝!

채나가 환하게 웃으며 박수를 쳤다.

"식당이었네? 헤헤헤!"

식당은 아니었고 식당처럼 꾸민 방이었다.

아까 섭 부장이 머물렀던 방과는 전혀 다른 방이었다.

옻칠이 잘된 넓은 장판 위에 큼직한 교자상 서너 개가 깔려 있고 깨끗한 위생복을 걸친 도우미들이 불고기 등 음식을 세팅하고 있었다.

또, 교자상 주위에는 정장을 갖춰 입은 이십여 명의 남녀가 묵직하게 앉아 있었다. 머리 모양이나 차림새가 딱 공무원이었다.

하나같이 녹음기와 노트북 등을 식탁 위에 올려놓고 있었고.

"이쪽으로 앉으시지요, 채나 씨!"

이곳 안가의 대장인 안전기획부 소속 신희수 수사관이 채나를 상석으로 안내했다.

"청와대 민정실의 장 비서관입니다.

"안기부의 김 수사관입니다.

"기무사의 박입니다.

"대검의 대공과장 이 검사입니다.

채나가 자리에 앉자마자 교자상 주위에 앉아 있던 정부 기관원들이 줄줄이 자기소개를 했다.

기관원들답게 이름은 생략했고.

근데, 정말 피 팀장 말대로 신문이 아니라 인터뷰였다.

채나에겐 너무도 익숙한 자리였다.

이틀이 멀다고 기자들을 모아놓고 하는 인터뷰.

모인 사람들이 기자들이 아니라 정부 기관원들이라는 것이 다를 뿐이었다.

더욱이 기무사의 박태호 준위나 대검의 이훈 검사 등은 벌써 채나와 여러 번 만난 사이였다.

"반갑습니다, 채나예요! 저 때문에 수고들 많으시네요."

채나가 피 팀장에게 툴툴댈 때와는 전혀 다르게 미소까지 예쁘게 지으며 인사를 했다.

정치가는 지나가는 강아지가 달려들며 짖어도 웃으면서 대꾸해야 한다.

"노고에 보답할 겸 제 CD 한 장씩 드릴게요. 가실 때 제 매니저인 방 부장에게 받아 가세요."

"……."

"오랫동안 소장하고 계시다 보면 언젠가 오늘 북한에서 가져온 골드바 1kg짜리 가치는 될 거예요, 헤헤헤!"

"……!"

이곳에 모인 사람들은 민주평화당의 당직자들 빼놓고 모두 십 년 이상 수사기관에서 근무한 베테랑들이었다.

눈치 9단에 코치가 8단이었다.

채나가 CD와 함께 골드바를 거론한 뜻을 간단히 읽었다.

쉽게 말해 채나는 이곳에 모인 정부기관원들에게 북한의 특사가 가져온 골드바 1kg짜리 한 개씩을 선물하겠다는 말이었다.

시가 1,500만 원쯤 하는 골드바였다.

역시 채나다운 통 큰 돈질이었다.

"저, 저어기… 김채나 씨 신문을 시작하기 전에 각 기관에서 오신 관계자들께 부탁드리겠습니다."

지금 채나의 신문을 진행할 안기부의 신수희 수사관이 채나의 뜻밖의 말에 당황한 듯 말을 더듬었다.

"분명히 말씀드리지만 김채나 씨는 국가보안법이나 반공법을 위반한 혐의로 신문을 받는 것이 아닙니다. 우리 국민 모두가 지켜드려 할 국보입니다. 이 점 관계자들께선 명심하시기 바랍니다."

"아아, 괜찮아요! 제 기분을 상하게 하는 분은 가실 때 CD를 안 드리면 돼요. 여차하면 CD를 반쯤 잘라 드릴거구요."

"하하하! 크크크!"

이번에는 피 팀장도 임 국장도 확실히 감을 잡았다.

채나가 수사관들에게 골드바를 선물했다는 것을.

"또 주요 질문은 제가 하겠습니다. 궁금하신 점이나 의문 나시는 점이 있으시면 쪽지를 주시기 바랍니다. 특히 실내에서 촬영은 불허합니다. 아시다시피 이 자리에서 일어나는 모든 일은 대외비로서…….."

"으씨! 무슨 촬영을 금해? 대외비는 또 무슨 대외비야? 지금 내 겨드랑이 밑에서 왱왱대는 벌레들은 뭐야? 저 위에서 열심히 돌아가는 카메라는 뭐고?"

신수희 수사관이 신문 과정을 장황하게 늘어놓자 채나가 더 이상 참지 못하겠다는 듯 말을 자르며 그대로 쏘았다.

벌레는 도청장치, 카메라는 천정 위에 매달린 CCTV를 말했다.

"아하하! 깔깔깔!"

기관원들이 그대로 뒤집어졌다.

"이 검사님, 저런 건 법에 안 걸리는 거야? 내 허락도 없이 내 얼굴을 맘대로 촬영하고 말을 엿 듣는 거 말야? 저거 사생활이나 초상권 침해, 그런 거 아냐? 내 출연료가 얼만데 정말?"

"으큭큭큭큭!"

채나 특유의 까칠한 성질이 폭발하자 이 검사 등이 입을 막으며 웃음을 참았다.

"결론부터 말씀드리면 위법이 아닙니다. 안전기획부법과 국가기밀보호법에 의거 국가기관의 공공건물에는 감시카메라를 설치할 수 있습니다."

"네네! 됐어요. 난 법 소리만 들어도 짜증나요."

대검찰청 이훈 검사가 안전기획부법 등을 거론하자 채나가 피곤하다는 듯 손을 홰홰 저었다.

"제가 주신 문자는 아니지만 채나 씨께서 먼저 제게 질문을 하셨으니 저도 쉬운 질문 하나 먼저 드리겠습니다."

대검찰청의 이훈 검사가 떫은 표정을 짓는 신수희 수사관을 외면하면 채나를 쳐다봤다.

"왜 김채나 씨는 학력을 속이셨죠?"

"……!"

이훈 검사의 말이 떨어지자 기관원들의 눈이 일제히 채나를 향했다.

동석하고 있던 피 팀장 등 민주평화당 당직자들의 눈도 채나를 주시했다.

아주 뜻밖의 질문이었기 때문이다.

우리나라에서 학력은 중요한 문제다.

특히 채나 같은 공인에게 학력과 경력은 죽어서도 따라 다닌다.

"교육부 쪽에서 흘러나온 얘기입니다. 서울대 교수 건을 처리하기 위해 채나 씨의 모교인 UCLA에 학력조회를 했더니 영화학 쪽 석사학위를 취득하셨다고 답변이 왔답니다. 즉, 대학원을 졸업하셨다는 뜻이죠. 채나 씨 이력서에는 어디든 UCLA 연극영화과를 졸업하고 영화학 쪽에서 학사 학위를 받은 것으로 기록돼 있습니다. 어떻게 된 거죠?"

"이래서 북한에서 공연을 안 하려구 했는데… 별게 다 까발려지네!"

"큭큭큭!"

채나가 학력을 속였다는 이 검사의 말은 채나가 UCLA를 졸업하지 않았다는 뜻이 아니라 그 반대로 UCLA 대학원까지 졸업했다는 말이었다.

수사관들이나 연예인들이 주목을 끌기 위해 흔히 쓰는 낚시용 화술이었다.

"이 검사님 말씀대로 대학원을 졸업한 건 맞아요. 문제는 학교에 제출한 논문이죠. 당시 제가 많이 바빠서 논문의 80%쯤을 하버드대학의 교수님들이 써 주셨어요. 전 어디 가서 대학원 졸업했다는 말은 절대 안 해요. 들킬까 봐, 헤헤."

"쉽게 이해가 됩니다. 하버드대학의 교수들이라면?"

"울 신랑과 친구분들이죠."

"아하하하!"

채나의 솔직한 대답에 이 검사를 비롯한 기관원들이 폭소를 터뜨렸다.

생각지도 못했던 질문이었고 생각지도 못했던 대답이었다.

놀랍게도 채나는 UCLA 대학원 출신이었다.

"하나 더 여쭤보겠습니다. 왜 서울대 교수 공채에 응모하셨다 취소하셨습니까?"

이 검사가 못마땅한 듯 쳐다보는 신수희 수사관을 검사라는 끗발로 누르며 계속 질문을 던졌다.

"처음엔 혹하는 욕심과 몇몇 분이 격려를 해주시기에 지원을 했습니다. 하지만 백 번쯤 생각했더니 답이 나오더군요. 그 자리는 제 자리가 아니에요."

"후우— 오오!"

"마마 언니, 박지은 씨처럼 인격도 고매하고 머리도 뛰어난 서울대학교를 졸업한 인재들이 맡아야 합니다. 이 정도면 답이 됐나요?"

"……"

갑자기 실내가 기이한 침묵에 휩싸였다.

교육부 장관이 남해까지 내려가 삼고초려를 했음에도 거절하는 강단.

채나만이 실행할 수 있는 용기였다.

"지금부터 사적인 질문은 마치고 공적인 질문을 하도록 하겠습니다. 김채나 씨께서는 맨 처음 어떤 사람에게 북한 공연을 제의받았나요?"

신수희 수사관이 이 검사를 힐끗 째려보며 신문을 시작했다.

*   *   *

부웅!

방그래가 운전하는 채나2호, 영국제 SUV승용차 렌지로버가 한겨울의 새벽길을 여유 있게 달려갔다.

"빠빠빠빰······."

채나가 방그래 옆에 비스듬히 앉아 기분이 좋은 듯 콧노래를 불렀다.

정부 기관원들의 북한 공연에 대한 신문이 채나가 예상한 짜증나고 지루한 대화가 아니라 아주 화기애애한 분위기 속에서 마무리됐기 때문이다.

전화위복.

정치가 채나라면 언젠가 먼저 나서서 만나봐야 할 정부 기관의 핵심 인재들이었다.

이번 기회에 자연스럽게 연을 맺었다.

특히, 안기부에서 차려준 암소 불고기가 채나 맘에 쏙 들었다.

무한 리필이 됐기에!

"어떻게 언니 매니저 일 할 만해?

한순간, 채나가 방그래를 힐끗 보며 말을 붙였다.

"예! 언니. 아주 재미있어요."

"재미있어?! 날밤을 까고 밤낮이 없는데…….

"처음에는 저도 불규칙한 생활이 걱정됐어요. 언니도 잘 아시지만 운동선수들은 철저하게 규칙적인 생활을 하잖아요."

"난 그게 제일 싫어! 왜 운동선수라고 꼭 아침 6시에 기상하고 저녁 10시에 자야 돼? 운동능력 향상? 그거 웃기는 얘기야. 어떤 생활이든 자기 몸에 맞는 게 더 중요해."

"언니 말이 맞아요. 밤낮없이 언니를 따라 다니니까 제 몸이 신기하리만치 적응을 잘해요. 피곤한 줄도 모르겠구!"

"헤헤헤! 내 눈이 정확하다니까. 넌 전형적인 연예인 체질이야. 매니저 체질이고!"

"우후— 칭찬이죠, 언니?"

"그래! 울 빵그래 예쁘니까 언니가 상 준다. 북한에서 가져온 골드바 주에서 가장 예쁜 놈으로 하나 가져!"

"어, 언니!?"

끼익!

방그래가 당황하며 채나2호를 재빨리 갓길에 댔고.

"……."

방그래가 차창 너머를 쳐다보며 말없이 눈을 껌벅거렸다.

"왜?"

답답한 듯 채나가 먼저 입을 열었다.

"저 너무 생각해 주시지 않아도 돼요, 언니! 언니가 주시는 보수만으로도 충분해요."

"팁 주는 건 내 맘이야, 임마!"

"전 언니 일을 도와주면서 다른 건 몰라도 돈에 관해서 만큼은 깨끗했다는 소리를 듣고 싶어요."

"난 다른 건 몰라도 돈에 관해서는 더러워도 괜찮아. 내가 번 돈을 내 동생 내 매니저가 좀 먹음 어때? 얼굴도 모르는 놈이 훔쳐가는 것보다 훨 낫지!"

방그래가 처음 채나 매니저로서 소신을 밝혔다.

채나 또한 방그래 고용주로서 희망을 밝혔고.

"……!"

"내 일을 도와주다 보면 눈먼 돈이 꽤 보일 거야. 알아서 챙겨. 빵그래도 한국역도협회장쯤은 해야 할 거 아냐?"

"어, 언니……."

"벌써 안기부옥에서 불고기 얻어먹은 거 소화 다 됐다. 괜찮은 해장국 집으로 가자."

"예에, 언니!"

부웅!

채나 2호가 4차선 도로를 미끄러지듯 달렸다.

내가 번 돈이니까 내 동생이나 내 매니저가 몰래 먹어도 괜찮다.

남이 훔쳐 가는 것보다 훨씬 낫다.

이것이 채나가 여타 연예인들과 다른 독특한 마인드였다.

채나는 측근들이 설사 범죄를 저질렀다 해도 자수를 시키기보다 감춰주고 도와줄 사람이었다.

자신이 총대를 메고!

깡끼가 농후했다.

*　　　*　　　*

둘레둘레!

전라남도 광주시 캔 나이트클럽 진상처리 반장인 네모가 키와 어깨 넓이가 똑같은 덩치를 씰룩거리며 손님들로 붐비는 전주해장국집 실내를 둘러봤다.

"이쪽입니다, 네모 오빠!"

"……!"

풍성한 검은색 헤비다운 파카를 걸쳐 가뜩이나 큰 덩치가 더욱 거대해 보이는 방그래가 식당 한구석에서 손을 들었다.

건너편에는 곰 가죽으로 전신을 두르고 선글라스로 위장을 한 채나가 뚝배기에 머리를 박고 있었다.

네모가 반갑게 채나 쪽으로 나가갔고.

"관장님, 오셨어. 김 회장님!"

여전히 채나가 어려운 듯 조심스럽게 반말과 존대를 섞어서
말을 붙였다.

"밥 먹는 사람을 왜 자꾸 쫓아다니는 거야?"

"내가 쫓아다니는 게 아니라 네 빈대 오빠 개봉호가 쫓아다
니는 거다."

채나가 싸늘하게 쏘아붙일 때 강 관장이 코가 유난히 납작
한 캔 나이트클럽 노봉호 사장 등과 함께 식탁에 앉았다.

"피휴— 술 냄새! 오빠들 지금까지 술 푼 거야?"

채나의 음성이 째졌다.

유 전무에게 칼질을 한 노 사장이 여전히 꼬았던 것이다.

밥 먹을 때 말을 시키는 것도 짜증이 났고!

"이박 삼일을 술독 속에 빠져 있었는데도 정신이 말짱해. 그
래! 이북 애들하곤 잘됐냐?"

"다음에 또 저쪽 사람들하고 거래를 하면 내가 이름을 바꾼
다! 이름을 바꿔!"

"크크크! 왜 이북 놈들이 미사일 쏘던?"

"미사일이 아니라 인간 폭탄을 쏘더라구. 그것도 대한민국
에서!"

"한 방에 알아듣겠다. 청와대, 안기부, 기무사, 검찰 모조리
몰려왔구나. 이것저것 신문하고……"

"호오? 나랑 같이 안기부 안가에 있었던 사람 같네."

"자식! 우리 때는 더했다. 해외 원정시합이라도 한 번 가려
면 사돈팔촌까지 뒤졌어. 공항에서 퇴짜 맞고 돌아오는 일도

비일비재했고!"

"그래! 옛날에는 신원조회가 얼마나 까다로웠는데. 지금이야 뭐 신고만 하면 개나 소나 다 해외에 나가잖아?"

"김 회장, 니가 북한에서 공연을 한다니까 주목을 끈 거야. 워낙 신통력 있는 교주님이시니 평양에서 공연 한 번 하면 곧 남북통일이 될지도 모르잖아? 크큭큭!"

"다 좋은데 지금 나랑 남북통일 문제를 의논하기 위해 여기까지 쫓아온 거야?"

"개봉호, 뭐하냐? 김 회장 눈꼬리 가늘어지기 시작했다."

강 관장과 노 사장이 광주에서 전주까지 쫓아와서 얼른 용건을 얘기하지 않자 채나의 눈꼬리가 정말 가늘어졌다.

화가 나기 시작했다는 리액션이었다.

"난 절대 좆승덕이를 박으라고 시키지 않았다. 너한테 이 말을 하고 싶었다, 꼭!"

노 사장이 이렇게 한마디 하고 자리에서 일어섰고.

"그리고 다시 한 번 말하지만 호남 쪽에서 민 의원이 다치면 내 모가지로 변상하마. 꼬마들을 몽땅 풀었다. 설탕물을 좀 발랐더니 번쩍번쩍해. 다음에 보자, 김 회장!"

한마디 더하고 부하들과 함께 휭하니 식당을 나갔다.

⋯⋯.

아주 잠깐 동안 채나가 앉아 있는 식탁 주위에 침묵이 맴돌았다.

"개봉호가 니가 많이 걸린 모양이야. 좆승덕이 연장질 시킨 걸로 오해할까 봐."

"……."

"오해했다면 풀어라. 개봉호가 성질은 지랄이지만 세계챔
프까지 지낸 놈이야. 아무리 좃승덕이와 사이가 좋지 않아도
연장질을 시킬 놈은 못 돼."

"그럼 됐지, 뭐! 굳이 나를 울며불며 찾아올 필요까지 있
나?"

"자식! 지금은 니가 나보다 개봉호하고 얽힌 게 많잖아? 사
업파트너고!"

"사업파트너?!"

"카지노, 나이트클럽, 네 음반, 판권 등등……."

"그러네! 빈대 오빠하고 난 아주 가까운 사이였네, 헤헤헤!"

채나가 기분이 풀리는 듯 특유의 맹한 웃음을 날렸다.

"전무 오빠하고 화해는 했고?"

"화해? 저 새끼, 아니, 캔 프로 새끼들은 죽으면 죽었지 절대
화해는 안 한다. 그동안 크고 작은 싸움이 수십 번 있었는데
어떤 놈도 사과하는 놈이 없었어."

강 관장이 열이 오르는 듯 냉수를 벌컥벌컥 마셨다.

"내가 아무리 공갈 협박을 하고 심지어 빌어 보기도 했는데
먹히지 않았어. 이번처럼 그냥 유야무야 넘어갔다."

"니가 주먹 좀 쓰냐? 나 동양챔피언이었어. 난 세계챔피언
이었거든 내가 이렇게 잘난 놈인데 왜 너한테 사과를 해, 병신
아?"

"크크크! 바로 그거다. 개새끼들이 하나같이 주먹으로는 내로라하는 놈들이니까!"

대한민국 최고의 스포츠 프로모션 회사라는 ㈜캔 프로는 이 점이 문제였다.

일찍이 연예계 총통이라는 ㈜P&P의 박영찬 회장이 말했든 직원들이 모조리 주먹잽이었던 것이다.

경리사원인 강 관장 딸을 제외하고 모두 권투 선수 출신이었다.

세계챔피언 출신이 다섯 명이나 됐다.

최하가 동양챔피언이었다.

법보다 주먹이 가까운 조직이었다.

채나가 가장 좋아하는 조직이었다.

"알았어! 강 오빠는 손 떼. 내가 알아서 할게!"

채나가 발딱 일어섰다.

2장

월드 KK팝

오랫동안 사귀었던 정든 내 친구들!
작별이란 웬 말인가
가야만 하는가
어디 간들 잊으리오, 두터운 우리 정—
다시 만날 그날 위해 노래를 부르자

우리나라에는 석별의 정으로 번안되어 소개된 그 유명한 스코틀랜드 민요 올드 랭 사인(Auld lang syne)이 잠실실내체육관을 울려 퍼졌다.
　지금 같은 연말연시 분위기에 딱 맞는 노래였다.
　딴딴딴! 뺨·뺨·뺨!

T자로 만들어진 특설무대에서 가왕 최영필이 엘릭 기타를 연주하며 노래를 부르고 최영필의 전속 밴드인 '22세기'가 열심히 연주를 했다.

바로 전 국민가요 오디션 프로.

실업급여를 신청하기 일보직전에 놓여 있던 공영방송사 KBC의 직원들을 구해낸 예능프로로서 KBC 직원들이 서슴없이 은인 프로라고 칭송하는 〈월드 KK팝〉의 마지막 회, 마지막 무대의 엔딩 곡을 리허설하는 중이었다.

"후우—"

'올드 랭 사인'의 일절이 끝났을 때 최영필이 길게 한숨을 내쉬었다.

'왜 이 무대에는 재떨이가 없지?'

'옛날에는 아예 재떨이하고 담배 라이터를 스피커 위에 올려놓고 녹화를 했는데!'

최영필이 인상을 쓰며 재떨이를 찾았다.

재떨이맨!

가왕 최영필의 별명은 젠틀맨이 아니라 재떨이맨이었다.

자신의 전속 밴드인 기타리스트가 연주 도중에 삑사리를 내자 대기실에 들어가자마자 재떨이를 집어 던졌다는 일화가 붙여준 별명이었다.

최영필은 음악에 관한 한 한 치의 실수도 용납하지 않았다.

그 마인드가 재떨이맨보다 가왕이란 별명을 먼저 붙여주었다.

땅땅땅!

지금 '올드 랭 사인'의 간주를 연주하고 있는 최영필은 재떨이 대신 기타를 집어 던질까 말까 고민을 했다.

최영필은 오늘 이 무대가 자신의 인생에 있어서 다시는 돌아올 수 없는 아주 중요한 무대라고 생각했다.

최영필하면 나이트클럽 웨이터 이름쯤으로 아는 새까만 후배들에게 가르쳐 주고 싶었다.

왜 팬들이 최영필을 국민가수요, 가왕이라고 부르는지!

해서 지난 두 달간 전속 밴드인 '22세기'와 함께 오늘 무대에서 선보일 다섯 곡을 정말 피를 토하면서 연습했다.

덕분에 리즈시절의 '최영필과 22세기' 연주에 버금갈 만큼 실력을 끌어 올렸다.

한데, 뭘 잘못 먹었는지 아까부터 퍼스트 기타를 맡은 배창구가 연속 삑사리를 냈다.

물론 '올드 랭 사인'이 엔딩곡이고 해서 모든 출연진과 관객들이 떼 창을 할 예정이기에 삑사리가 좀 나도 상관은 없다.

아예 기타 한 대를 빼도 음악 전문가가 아닌 이상 쉽게 눈치채지 못한다.

하지만 최영필은 옥에 티도 용납 못하는 가왕이었다.

더욱이…….

"아주 좋은 연주였습니다. 최 선생님!"

〈KK팝〉의 책임 피디, 깐깐하기 짝이 없어서 소련의 독재자 스탈린을 빗대어 김탈린으로 불리는 김기영 부장이 한 손에 큐시트를 쥔 채 무대 위로 올라왔다.

큐시트란 처음 라디오에서 사용하던 어휘로써 TV나 라디오, 프로그램 공연 행사 등의 진행표를 말한다.

시간을 세부적으로 쪼개어 각 타임에 해야 할 일을 세세히 기록한 일종의 계획표였다.

"그, 근데 죄송한 말씀인데, 최 선생님! 연주 중에 자꾸 기타가 튀는 것 같은데… 제가 잘못 들은 거겠죠?"

이게 문제다.

예능 PD질 이십 년 만에 귀가 뚫려 음악을 연주하지는 못해도 들을 줄은 아는 소위 좆문가들!

이 전문가들의 귀는 속일 수가 없었다.

"잠깐 쉬었다가 다시 한 번 갑시다, 김 부장!"

"예, 최 선생님! 10분만 쉬었다 가겠습니다."

최영필이 기타를 내려놓으며 침울하게 말을 뱉자 김 부장이 눈치 빠르게 응했다.

직원들을 쥐 잡듯 하는 김탈린이라 해도 최영필에게는 깍듯하게 최 선생님이란 호칭을 썼다.

가왕의 위력이었다.

"자! 대기실에 가서 커피 한 잔하고 오자고!"

최영필이 무대 위에서 눈치를 보며 서 있는 '22세기' 멤버들을 돌아보며 말했다.

꽈다당!

퍼스트 기타리스트인 배창구가 기타를 집어 던지다시피 하며 무대를 내려갔다.

"어이구! 저 새끼기 정말?"

최영필이 주먹을 불끈 쥐었다.

"혀, 형님! 참으시지요. 자식이 집에 무슨 일이 있는 모양입니다."

"아침부터 얼굴이 누렇게 떠서 땀까지 벅벅 흘리고 컨디션이 꽝이에요."

건반주자인 김활과 드러머인 나정군이 재빨리 최영필을 잡았다.

"미치겠다. 오십도 넘은 놈을 옛날처럼 팰 수도 없고, 쌍!'"

"대기실에 가서서 차 한 잔 하시면서 얘기를 나눠 보시지요."

"창구 형에게 틀림없이 뭔 일이 있어요. 웬만해서는 삐치는 사람이 아니잖습니까?'"

최영필이 계속 씩씩대자 김활과 나정군이 연신 달랬다.

괜히 잡았나?

삐친다는 말을 들은 최영필이 아차 했다.

얼마 전에 배창구가 채나 세션 팀에 합류하고 싶어 하는 것을 최영필이 사흘 낮밤을 같이 술을 먹으면서 겨우 주저 앉혔다.

실은 지금 국내의 뮤지션들 기타, 드러머, 피아노 등 악기를 다루는 프로 연주자들 사이에는 채나 세션 팀에 참가하는 것이 엄청난 부러움의 대상이었다.

그 옛날 최영필이 '22세기' 밴드를 조직할 때와 비슷했다.

채나 세션 팀에 합류해서 일정한 개런티를 받고 정규앨범 1집 작업을 같이한다.

일은 여기서 끝나지 않는다.

내년 초부터 시작되는 월드 투어의 고정 멤버로 뛰게 된다.

세계를 돌면서 연주를 해?

가수들에게도 멋진 일이었지만 세션들에게도 환상적인 일이었다.

또, 월드 투어가 끝날 때쯤 되면 싱글 앨범이니 골든 앨범이니 하면서 앨범작업이 이어질 것이고.

다시 여기저기 행사에 참여하다 보면 정규앨범 2집 작업이 시작되고 세컨드 월드 투어가 진행될 것이다. 당연히 레귤러 멤버로 참가하고!

채나는 현재 이십대 초반.

앞으로 최소 십 년은 너끈히 세계 가요계를 휘저을 것이다.

게다가 채나는 통 큰 돈질로 유명한 녀석!

스태프들과 세션들에게 입이 딱 벌어질 만큼 대접을 해줄 거다.

또, 채나 세션으로 월드 투어를 뛰었다는 스펙이 붙는다면 몸값이 천정부지로 뛰면서 뮤지션으로서 꿈을 이룰 수 있을 것이고!

내 욕심이 과했어.

아무래도 이번 무대가 마무리되면 창구 놈을 놔줘야겠군.

녀석에게도 마지막 기회가 될지 모르는데…….

이런 생각을 하며 최영필이 텅 비어 있는 넓은 체육관을 둘러봤다.

이제 곧 이곳에 삼만 관중이 쏟아져 들어올 것이다.

실내를 꽉 메운 채 환호하는 관중들의 모습이 그려졌다.

절대 실수가 있어서는 안 된다.

왜?

국민가수 가왕 최영필이니까!

"도끼를 마음대로 휘두르는 그 여자. 그 이름은 김채나! 성난 김채나!"

체육관 밖에서 채나 송을 부르는 소리가 은은히 들려왔다.

"흐흣! 밖이 많이 추울 텐데 극성이네. 저놈의 인기는 식을 줄을 몰라!"

최영필이 고개를 절레절레 저으며 〈KK팝〉 출연진 대기실로 걸어갔다.

*　　　　*　　　　*

"꼭! 네 분이 남으셨습니다. 세계 각지에서 무려 1,600여 팀이 참가해 장장 6개월의 레이스를 펼친 전 국민 오디션 프로 〈KBC 월드 KK팝〉! 이제 최종 결승─ 4강으로 압축됐습니다. 과연 어느 분이 우승을 할까요? 5억 원의 주인공은 누구일까요?"

아주 미끈한 용모의 손규환 KBC 아나운서가 마이크를 든 채 호들갑을 떨었다.

"그럼 지금 이분들의 기분은 어떨까요? 홍아영 씨! 한국형 씨! 김열우 씨! 제니리 씨!"

"······."

"큭큭! 모두들 꽁꽁 얼어 있네요. 얼굴에 고드름까지 매달린 눈사람이 됐어요."

카메라가 깔끔하게 메이크업을 하고 화려한 무대의상을 차려입은, 긴장을 해서 딱딱하게 굳어 있는 이남이녀의 얼굴을 하나하나 클로즈업하며 지나갔다.

"자자! 긴장들 푸시고 잠깐 인터뷰에 응해주시죠. 설사 오늘 컨디션이 최악이어서 꼴찌를 하신다 해도 상금 1억 원은 확보하셨잖아요? 우승 5억! 준우승 3억! 삼 위 2억! 장려상 1억! 억! 억 소리 난다, 진짜!"

"아, 네에······."

손 아나운서가 부럽다는 듯 꽥꽥대자 그제야 남녀들의 얼굴에 웃음기가 어렸다.

"역시 결정적인 순간에는 여성이 강한가요? 제일 먼저 맨탈이 회복된 우리 홍아영 씨부터 소감을 여쭤 보겠습니다."

"홍아영! 홍아영! 홍아영!"

"아자, 아자, 아자, 홍아영!"

손 아나운서가 눈이 시원하게 큰 아가씨에게 눈길을 줄 때 뒤에서 함성이 쏟아졌다.

"저분들은… 누구시죠? 팬들인가요?"

"우리 엄마 아빠하고 가족들이에요."

손 아나운서가 복도 저편에서 구호를 외치는 칠팔 명의 남녀를 쳐다보며 능청맞게 질문을 던졌고 홍아영이 귀엽게 대답했다.

"하참! 홍아영 씨 가족분들 대단하세요. 제가 쭉 지켜봤는데 지난 육 개월 동안 홍아영 씨가 출연할 때마다 한 번도 빠짐없이 오셨어요. 목포, 부산, 제주도 할 것 없이!"

"상금 받으면 알바비로 얼마씩 나눠 드리기로 약속했거든요."

"그, 그럼 일당 받고 동원된 가족이군요?"

"히히히! 원래 우리 식구들은 돈을 주지 않으면 절대 안 움직여요."

"큭큭! 대단한 가족이 아니라 무서운 가족이었네요!"

"임금 인상! 임금 인상! 우승 홍아영! 우승 홍아영!"

손 아나운서가 홍아영과 인터뷰를 할 때 기다렸다는 듯 홍아영 가족들이 코믹한 구호를 외쳤다.

"큭큭큭! 잘 알겠습니다. 가족들의 일당을 인상시켜 주기 위해서라도 꼭 우승하십시오. 홍아영 씨!"

"이히히… 고맙습니다. 최선을 다하겠습니다!"

홍아영이 귀엽게 웃으며 예쁘게 인사를 했다.

"자아— 그럼 이번 오디션에 참가하고자 몸무게를 무려 20㎏이나 뺐다는 한국형 씨를 만나 보겠습니다."

손 아나운서가 우락부락하게 생긴 이십대 남자의 손을 잡으며 카메라 쪽으로 끌었다.

"마침내! 드디어! 결승까지 올라오셨어요. 한국형 씨?"

"푸후— 아직도 믿어지지 않습니다. 제가 이 자리에 서 있다니? 꿈만 같습니다."

"일단 결승에 올라오신 거 축하드립니다. 오늘 우승하셔서 상금 5억 원을 받으셨다? 어디에 쓰실 예정이십니까?"

"아까 아버지께서 계약서를 보여주시더라구요."

"계약서요??"

"예! 어제 5억짜리 아파트를 계약하셨대요."

"그, 그러니까 한국형 씨 아버님께서는 오늘 한국형 씨께서 무조건 우승할 것이다. 이렇게 예상을 하시고 아파트를 사셨군요?"

"아버지께서 오늘 우승 못하면 사채를 얻어서라도 중도금하고 잔금을 지불하래요. 걱정입니다. 우승 못하면 전 바로 신용불량자예요. 사채업자에게 쫓겨 다니는!"

"큭큭큭! 정말 그러네요."

"이제 갈 데까지 갔습니다. 무슨 수를 쓰든 우승하겠습니다. 한국형 파이팅!"

"잘 알겠습니다. 그만큼 각오가 무시무시하다는 거! 한 방에 알아들었습니다."

손 아나운서가 한국형의 재치 있는 대답에 미소를 지으며 호리호리한 체격의 김열우를 쳐다봤다.

"어떻습니까? 한국형 씨는 오늘 우승 못하면 사채업자에게 쫓기는 신세가 된다는데 혹시 김열우 씨도 먼저 질렀습니까?"

"헤헤! 솔직히 저는 5억 원이 얼마나 큰돈인지 몰라요. 만약 제가 우승을 해서 상금을 받는다면 모조리 만 원짜리 지폐로 바꿔서 제 방에다가 쫙 깔아볼 겁니다. 대체 5억 원이 얼마나 많은 돈인지 꼭 확인해 보고 싶어요."

"역시 김열우 씨다운 대답이시네요, 그럼……."

김열우의 인터뷰가 한창 진행될 때 최영필이 나정균 등 '22세기' 멤버들과 함께 복도를 지나갔다.

"안녕하십니까? 선생님!"

"안녕하세요, 선생님들!"

"오! 그래, 그래."

김열우 등이 인터뷰를 하다 말고 일제히 허리를 접으며 인사를 했고 나정균 등이 묵직하게 인사를 받았다.

"……!"

최영필이 그제야 잡념에서 깨어난 듯 눈을 껌벅였고.

"새삼스럽게 무슨 인사냐? 인터뷰나 열심히 해!"

고개를 주억거렸다.

"네에, 선생님!"

"잘 부탁드립니다, 선생님!"

김열우 등이 다시 정중하게 인사를 했고 최영필이 가볍게 손을 흔들었다.

"제니리 씨! 오늘 꼴찌를 하셔서도 상금 1억을 받으십니다.

멀리 미국 보스턴에서 날아온 보람이 있는데 어떠십니까, 지금 기분이?"

"예스! 예스! 넘넘넘 좋아요."

손 아나운서가 최영필을 향해 가볍게 고개를 숙인 후 인터뷰를 이어갔다.

"귀여운 녀석들! 한창 좋을 때다."

최영필이 인터뷰를 하는 제니리를 쳐다보다가 건반 연주자인 김활을 바라봤다.

"쟤네들은 최소 1억 원을 가지고 출발을 한 댄다. 넌 얼마 가지고 음악을 시작했냐?"

"흐흐흐! 아버지 지갑에서 만 원짜리 다섯 장을 훔쳐서 출발했죠. 낙원상가에 가서 다 썩은 키보드 사고 술집에서 알바 뛰면서 씩씩한 뮤지션이 됐죠!"

"난 고등학교 때 밴드부에서 작은북 치다가 가출해서… 어이쿠! 내가 왜 이런 말을 해? 울 마눌은 내가 서울대 음대 졸업한 줄 아는데."

"으흐흐흐! 킥킥킥킥!"

김 활과 나정군의 너스레에 최영필 등이 폭소를 터뜨렸다.

너스레처럼 얘기했지만 결코 너스레가 아니었다.

최영필 세대의 뮤지션들을 대부분 그렇게 음악을 했다.

집에서 돈 몇 푼 가지고 뛰쳐나와 서울 종로나 명동 등의 음악다방이나 맥주홀 등에서 일을 하면서 굶기를 밥 먹듯 하며 음악을 배웠다.

음악을 지독하게도 사랑했기에.

김활이 말한 낙원상가는 서울시 종로구 낙원동에 있는 악기 상가다.

근처의 탑골 공원, 낙원 떡집, 모모 극장도 유명하다.

"저어기… 최 선생님! 사인 좀 해주세요."

최영필이 막 대기실로 들어설 때 오십대 아줌마 한 명이 얼굴을 붉히며 볼펜과 종이를 내밀었다.

"아예! 얼굴을 뵈니… 아영이 어머님이시죠?"

"네네에— 글구 가왕 최영필의 오빠부대랍니다."

"핫핫핫! 최영필의 오빠부대라? 오랜만에 듣네요. 정말 고 맙습니다. 아영이 어머님! 아직까지 저를 기억해 주시다 니……."

"아이이! 무슨 말씀이세요? 가왕 최영필은 저의 영원한 오 빠예요."

아영이 엄마가 마구 꼬리를 흔들었고.

최영필이 인터뷰를 하고 있는 홍아영 등을 돌아보며 볼펜을 받아 들었다.

보고 있냐? 이놈들아!

니들 엄마 아빠는 모조리 내 팬이다.

가왕 최영필은 니들이 아는 나이트클럽 1번 웨이터 이름이 아냐!

왜 최영필이 상금 10억 원짜리 오디션 프로의 심사위원장이 됐는지 왜 너희가 선생님이라고 부르는지 잠시 후 무대를 보면 확실히 깨닫게 될 거다.

최영필이 이런 생각을 하며 아영이 엄마에게 사인을 해주고 〈KK팝〉 출연진 대기실로 들어왔다.

"선배님! 오셨습니까?"

"여기 커피… 선배님!"

최영필이 대기실에 들어서자마자 기다렸다는 듯 제일 먼저 준사마, 정희준이 쫓아와 최대한 정중하게 인사를 했다.

강자에겐 약하고 약자에겐 강한 평소 성품대로.

곧 바로 발라드의 신이라는 가수 신영훈이 커피 잔을 내밀었다.

신영훈 또한 정희준에게 뒤지지 않는 그저 그런 성품이었다.

"그래! 고맙다, 영훈아."

최영필이 커피 잔을 받으며 신영훈을 툭툭 쳤다.

"오늘이 〈KK팝〉 막방이구만! 그동안 고생들 많았어."

"우리가 무슨 고생을 해요? 선배님이 고생하셨죠!"

"한 번도 빠지지 않고 나오셔서 후배들에게 열심히 조언을 해주셨잖아요."

"제발 조언으로 받아들였으면 좋겠다. 늙은이 잔소리로 받지 말고!"

"선배님도 참!"

최영필이 커피 잔을 든 채 신영훈, 정희준 등과 지난 〈KK팝〉을 화제로 대화를 나눴다.

사실, 지금까지 〈KK팝〉이 진행되는 동안 심사위원들 중에서 가장 열심히 활동한 사람은 채나나 최영필이 아니었다.

　낙하산 심사위원 준사마, 가수도 아닌 배우 정희준이었다.

　빽으로 밀고 들어온 심사위원답지 않게 가장 일찍 녹화장에 나와서 가장 늦게 들어갔다.

　벼락치기 음악 공부를 하느라 인터넷을 섭렵했고 팔자에 없는 국회도서관을 다 찾았다.

　비록 짧은 대학가요제 경력이었지만 자신이 가요제 준비할 때 경험까지 되살려가며 맨티들에게 성실하게 어드바이스를 해줬다.

　아주 친절하고 부드럽게.

　준사마 정희준이 얼굴만 잘생긴 게 아니라 음악 쪽에도 일가견이 있었네!

　이렇게 시청자들은 정희준을 재평가했고.

　그 결과 대한민국에서 가장 인기 있는 남자 연예인이 됐다.

　정희준은 말도 안 되는 기회를 억지로 붙잡아 성공으로 전환시키는 능력자였다.

　"요즘 애들은 우리가 생각하는 것보다 훨씬 똑똑합니다."

　"선배님 말씀을 모조리 컴퓨터에 입력시켰을 거예요."

　"핫핫! 그럼 다행이고!"

　최영필이 오랜 연예계 생활에서 몸에 밴 접대용 웃음을 흘리며 지난 육 개월 동안 함께 〈KK팝〉 심사위원으로 활동했던 정희준, 김상도, 신영훈, 원일, 남궁수덕 등을 흘어봤다.

니들한테 하는 얘기다. 이놈들아!

니들은 입으로는 선생님, 선배님 하지만 속으로는 쉰내 나는 늙은이 취급하잖아?

오냐! 잠시 후에 왜 나이가 숫자에 불과한지 깨닫게 해주마.

"안녕하셨습니까? 최 선생님!"

"호호호! 안녕하세요, 최 선생님! 하나도 안 늙으셨다."

최영필이 노장은 살아 있다는 것을 보여주려고 마음을 굳힐 때.

이번에는 〈우스타〉의 책임 PD인 DBS의 백치호 부장 등이 우르르 다가와 정중히 인사를 했다.

"이게 누구야? 〈우스타〉 백 부장 아냐? 전 PD도 왔고!"

"쳇! 스타 PD만 보이시고 전 보이지 않죠, 최 선생님?"

MBS의 유명한 음악 PD인 박인옥 차장이 샐쭉했다.

"무슨 소릴?! 박 PD는 내 딸이야. 신입시절 내 담배 심부름까지 했잖아?"

"아후, 최 선생님도! 그런 소리를 이런 자리에서 그렇게 크게 하시면 어떻게 해요?"

"핫핫핫, 미안 미안! 너무 반가워서 실수했다, 박 PD!"

"오랜만에 뵙습니다, 최 선생님!"

"여전히 목소리가 리즈시절 가왕이시네요."

"웬일이래? 대한미국에서 내로라하는 PD들이 모조리 몰려왔네!"

연이어 대여섯 명의 방송사 PD가 최영필에게 다가와 경쟁적으로 인사를 했다.

최영필이 반갑게 손을 잡았다.

메이저 방송사에서 난다 긴다 하는 PD들이 경쟁하듯 다가와 정중하게 인사를 하는 연예인은 대한민국에 단 한 명뿐이었다.

무려 이십여 년 동안이나 대한민국 가요계를 움켜쥐었던 가왕 최영필.

여전히 전설은 살아 있었다.

"오늘 우리나라에서 가장 잘나가는 PD들 친목계 날이랍니다, 최 선생님!"

"그래요? 근데 하필 〈KK팝〉 막방 녹화하는 잠실체육관에서 친목계를 열죠? 혹시 뭔가 컨닝하러 온 건 아닌가요?"

"으핫핫핫핫!"

김기영 부장이 쓰게 말했고 최영필이 웃으면서 받았다.

나이 샷— 내 이럴 줄 알았다.

오늘 대한민국에서 좀 한다는 PD 놈들이 모조리 몰려올 줄 예상했다.

그동안 평균 시청률 50%를 찍은 예능프로인데 제작 과정이 얼마나 궁금했겠니?

내가 니들 같은 좃문가들 때문에 죽기 살기로 연습을 했다, 자식들아!

이 최영필이가 아직도 살아서 펄펄 뛰고 있다는 것을 보여주려고 말야.

잠깐만 기다려!

왜 팬들이 나를 가왕이라고 부르는지 똑똑히 증명해 주마!

최영필의 생각대로 각 방송사 PD가 대거 몰려온 것은 〈KK 팝〉의 제작 과정도 궁금했지만 중요한 이유가 한 가지 더 있었다.

김채나, 박지은, 정희준, 김상도 등 대한민국 연예계의 내로라하는 스타들이 이곳에 몽땅 집합해 있었기 때문이다.

훗날 섭외를 위해 눈도장이라도 찍으려고 찾아왔던 것이다.

경쟁사의 잘나가는 예능프로 하나가 속 시원하게 없어지는 것도 축하할 겸!

마지막 녹화였기에 그동안 제작과정을 철저하게 감춰왔던 김기영 부장이 인심 쓰듯 공개를 한 것이 첫 번째 이유였고.

"전 PD님, 봐봐? 차장님 된다고 하더니 완전 얼굴이 보름달이야."

"깔깔깔! 백 부장님은 어떻고. 국장님 되시더니 뒤에서 후광이 다 비춰."

"아호— 저 어깨에 힘? 잘못하면 부러지겠다."

"아하하하, 고마워! 다 채나 씨가 도와준 덕이야."

그리고, 대기실 한가운데 차와 과자 등이 잘 세팅된 커다란 테이블 앞에서 채나와 박지은, 연필신과 한미래 등이 백 부장 등과 반갑게 해후를 했다.

마지막으로 저 녀석들!

털썩!

최영필이 커피 잔을 든 채 대기실 한편의 의자에 앉았다.

대한민국 연예계의 여성 사인방이라는 저 녀석들에게 가왕 최영필의 이름을 확실하게 각인시켜 줄 필요가 있어.

눈을 가늘게 뜬 채 채나 등을 주시했다.

최영필은 이토록 명예를 중시하는 사람이었다.

그저 앉으나 서나 음악 생각, 연주 생각뿐이었다.

사람이 늙었다 해서 늙은 음악을 하지는 않는다.

내 음악적 정신 연령은 십대에서 이십대 사이다.

예전에 최영필이 한 토크쇼에 나와 뮤지션으로서의 마인드를 밝힌 유명한 말이다.

"전국에 계신 KBC 시청자 여러분! 안녕하십니까? 금혜원입니다!"

퐛!

ENG 카메라에 붉은 불이 들어왔다.

KBC 9시 뉴스의 여성앵커인 금혜원 아나운서가 조명을 환하게 밝힌 카메라 앞에 서서 마이크를 든 채 멘트를 시작했다.

그 바로 앞에서는 채나와 박지은, 한미래와 연필신 등이 수다를 떨고 있었고.

"저는 지금 전 국민 가요 오디션 프로인 〈KK팝〉의 마지막 회를 녹화하는 잠실실내체육관에 나와 있습니다."

금 아나운서가 멘트를 할 때 채나가 V자로 만든 손가락을 카메라 앞에 대며 장난을 쳤다.

"지, 지난 육 개월 동안 〈KK팝〉을 이끌어 오신 여성 사인방을 잠시 이 자리에 모셔 보도록 하겠습니다."

계속해서 채나가 카메라를 막으며 손가락을 흔들자 금 아나운서가 당황하며 말을 더듬었고.

"아이— 채나 야야앙!"

초등학생처럼 발을 동동 구르며 특유의 코맹맹이 소리를 냈다.

"아이, 채나 야아앙!"

"왜 그래애애애?"

연필신이 금 아나운서 말투를 흉내 냈고 채나가 똑같이 코맹맹이 소리를 냈다.

"깔깔깔! 킥킥킥!"

박지은과 한미래 등이 자지러졌다.

"혜원 언니는 도대체 나이가 몇 개신데 이렇게 애교를 떠시나?"

"필신아아아……."

"필신아아아……."

금 아나운서가 다시 코맹맹이 소리를 날렸고 채나가 재미있다는 듯 흉내를 냈다.

지켜보던 매니저들과 카메라맨까지 폭소를 터뜨렸다.

이처럼 최영필의 복잡한 머릿속과는 상관없이 〈KK팝〉 출연진 대기실 분위기는 너무 좋았다.

거의 축제 분위기였다.

장장 육 개월이나 계속됐던 프로그램이 시청자들의 열화와 같은 환호 속에서 성황리에 마치게 됐기 때문이다.

그리고 한 가지.

아주 재미있는 일이 목격됐다.

〈KK팝〉은 오디션 프로가 분명했건만 주연인 멘티들은 감히 대기실에 들어오지도 못한 채 밖에서 인터뷰를 했고, 멘토들은 대기실 내에서 보란 듯이 다과까지 차려진 테이블 앞에 앉아 인터뷰를 했다.

심지어 채나나는 카메라를 가로막으며 장난까지 쳤고.

이것이 바로 방송계의 냉엄한 현실이었다.

프로의 성격상 오디션에 출연하는 멘티들이 주연이었지만 그것은 프로의 성격일 뿐이다.

방송사 입장에서는 채나나 박지은, 최영필 같은 멘토들이 주연이다.

즉, 시청자 열 명 중 여덟 명이 어떤 멘토가 우승할까 보다 채나나가 오늘은 어떤 말을 할까, 박지은이 어떤 행동을 할까에 더 관심이 있었던 것이다.

〈KK팝〉을 제작한 목적은 대한민국 가요계의 미래를 이끌고 나갈 신인가수를 발굴하는 데 있다. KBC에서 밤낮으로 선전한 말이다.

유감스럽게도 그것은 두 번째 목적이었다.

첫 번째 목적은 어떻게든 시청률을 올려서 자신들이 살고자 하는데 있었고!

시청률은 채나나 박지은 같은 멘토들이 올려줬다.

'특히 저놈 김채나! 내가 예상한 대로 세계 가요계의 몬스터로 성장한 저놈! 저놈에게 최영필의 위대함을 명확히 알려줘야 한다. 그러려면 먼저……'

최영필이 결심을 한 듯 입을 꽉 다물었고.

대기실 한쪽 구석에 침울하게 앉아 있는 기타리스트 배창구에게 다가갔다.

최영필이 조용히 옆에 앉았다.

"창구야!"

"예! 형님."

최영필이 나직하게 불렀고 배창구가 묵직하게 대답했다.

"너 말야… 오늘 공연 끝나고 가라."

"예에? 어딜… 끄윽!"

그 순간이었다.

배창구가 채 말을 끝내지 못하고 왈칵 토하며 그대로 바닥에 나뒹굴었다.

"야야야! 창구야— 왜 그래? 왜 그래?"

"컥… 크윽!"

최영필이 당황하며 목청을 높였고 배창구가 계속해서 토하며 때굴때굴 굴렀다.

"정군아, 정군아! 빨리 빨리 119불러! 119 오라 그래! 빨리!"

"예예! 지금 부르고 있었어요!"

토사곽란(吐瀉癨亂)이었다.

토하고 설사하는 급성중독위장염.

위는 얼굴이 웃으면 같이 웃고, 얼굴을 찡그리면 같이 찡그린다.

배창구가 아침에 먹은 김밥이 문제였다.

오늘 연주를 실수 없이 해야 된다는 부담감 때문에 엄청난 스트레스를 받았고 위에서 거부반응을 일으키며 속이 뒤집힌 것이다.

실은, 예술인들이나 운동선수들은 공연이나 시합에 들어가기 전 극도의 긴장을 하기에 체하고 토하는 일이 흔하다.

어떤 운동선수는 시합을 앞두면 아무것도 먹지 않고 아예 굶었다. 어떤 가수는 공연 한 달 전부터 식이요법을 하며 몸 관리를 한다.

화려하게 보이는 직업일수록 수입이 많은 직업일수록 스트레스도 많이 받는다.

…….

구급대원들이 와서 배창구를 급히 후송한 지 십 분여가 지났건만 아무도 말을 하지 않았다.

축제 분위기였던 〈KK팝〉 출연진 대기실이 갑자기 초상집으로 변했다.

대기실에 모여 있던 사람들은 모두 연예인이거나 연예계에서 밥을 먹고 사는 사람들이었다.

배창구가 쓰러진 이유를 말하지 않아도 잘 알았다.

익히 자신들도 경험했던 일이었기에 더욱 말이 나오지 않았다.

최영필은 더더욱 황당했다.

배창구는 최영필에게 불만이 있었던 것이 아니라 몸속에서 토사곽란을 일으키고 있었던 것이다.

최영필에게 걱정을 끼칠까 봐 비지땀을 흘리며 꾹꾹 참고 있었고!

"씨발! 난 그것도 모르고······."

환갑을 넘긴 최영필이 자신도 모르게 육두문자를 내뱉었다.

"그나저나 어떡한다? 창구가 아웃됐으니 기타 세 개로 그냥 가? 그럼 지난 두 달 동안 연습했던 건? 미치겠네. 후우—"

최영필이 흡사 살 맞은 호랑이처럼 실내를 어슬렁거리며 한숨을 길게 쉬었다.

뭔가 계속해서 중얼거리며······.

"김 부장! 지금 나한테 최대한 얼마의 시간을 줄 수 있소?"

최영필이 걱정스러운 표정으로 지켜보던 김기영 부장을 바라보며 말했다.

"맥스 삼십 분입니다. 삼십 분 뒤에는 녹화에 들어가야 합니다. 방금 날씨가 추워져서 밖에서 기다리던 관객들을 입장시켰습니다. 최 선생님!"

"외통수구만! 그래! 삼만 관중을 기다리게 할 수는 없지."

"죄송합니다. 관중들만 입장시키지 않았어도 몇 시간은 딜레이시킬 수 있었는데······."

최영필이 여유 시간을 묻자 김기영 부장이 난감한 얼굴로 대답했다.

바로 이때였다.

갑자기 최영필의 눈에 채나가 들어왔다.

채나는 배창구가 앰뷸런스에 실려 갔거나 말았거나 여전히 본연의 임무에 충실했다.

대기실 한쪽 구석에서 매니저인 방그래와 뭔가 열심히 먹고 있었다.

"채나야! 너 기타 한번 맡아볼래?"

최영필이 무슨 생각에선지 채나에게 다가가며 진지하게 말했다.

"……!"

김기영 부장을 비롯한 대기실에 있던 모든 사람이 일제히 채나를 주시했다.

악기를 배워 본 사람은 알지만 어떤 악기를 배워서 소리를 내고 연주를 한다는 것은 아주 지난한 일이다.

특히 기타나 바이올린처럼 줄로 소리를 내는 현악기들은 더욱 힘들다.

줄을 어떻게 다루느냐에 따라서 소리가 전혀 다르기 때문이다.

거짓말 좀 섞어 채나가 피아노를 잘 치고 노래 잘 부르는 것은 이제 지구상에 있는 모든 사람이 알고 있었다.

한데 기타까지?

게다가 가왕 최영필과 함께 연주하는 섹션 멤버로?

"배 기타 대타 뛰라고?"

대기실에 있는 사람들의 속마음과 달리 채나가 아주 간단하게 되물었다.

짧은 말을 좋아하는 채나답게 배창구 기타리스트를 배 기타라고 줄여서!

"그래! 그동안 나와 같이 여러 번 연주해 봤잖아?"

"그건 연주가 아니라 연습이었구!"

실제 그랬다.

채나는 〈KK팝〉 녹화가 끝난 뒤 최영필, 원일 등과 어울려 짧은 공연을 많이 했다.

일종의 재능기부, 팬 서비스 차원의 콘서트였다.

가수라면 최소한 두서너 개의 악기를 다룰 줄 알아야 한다.

그래야 조금이나마 소리의 세계를 엿볼 수 있다.

목소리와 악기 소리를 조화롭게 만들 수 있고!

짱 할아버지가 채나 귀에 못이 박히도록 주문했던 말이다.

덕분에 채나는 일가를 이룰 만큼은 아니지만 피아노와 기타, 드럼을 능숙하게 다뤘다.

"배 기타만큼 연주할 자신은 없어. 삑사리는 안 낼 자신은 있지만!"

채나가 솔직하게 대답했다.

"그럼 됐어. 삑사리만 내지 말고 정확하게 연주해. 나까지 기타가 네 개가 들어가니까 충분히 커버가 돼."

"올 드랭 사인, 미래의 세계, 가시리, 사랑과 미움사이, 뻐꾸기 둥지. 이렇게 다섯 곡이지?"

"훗! 우리가 연주할 곡을 외우고 있었냐?"

채나가 '최영필과 22세기'가 연주할 곡목을 줄줄이 부르자 최영필의 눈이 커졌다.

"필이 오빠 곡뿐 아니라 원숭이 오빠 등이 오늘 부를 곡들은 대강 알고 있어. 그래야 나도 그 곡들에 맞춰 선곡을 할 테니까."

"……!"

"밴드 음악을 해온 삐리 오빠가 더 잘 알잖아? 나만 튄다고 공연이 성공하나?"

"그거야 그렇지!"

역시 내 눈은 보배다.

이놈은 선천적으로 타고난 희대의 아티스트야.

무대의 성격에 맞춰 자신의 노래까지 구성할 줄 아는 천부적인 뮤지션.

최영필이 채나의 음악적 마인드에 탄성을 발할 때 김기영 부장이 슬며시 입을 열었다.

"그럼 오늘 채나 씨와 최 선생님이 한 팀이 돼서 공연하는 겁니까?"

"핫핫! 신의 한수가 될 거요."

어느새 최영필의 입꼬리에 웃음이 걸렸다.

채나와 함께 공연을 한다면 그것만으로도 의미가 충분했다.

언제 다시 최영필이 1억이 넘는 팬덤을 거느린 공포(?)의 기타리스트를 섹션으로 고용하고 공연을 해볼까?

"정말 재미있겠군요. 그럼 당장 리허설하러 가시죠? 두 분!"

"알겠소. 가자, 채나야!"

"아씨! 이 왕만두 죽여주는데……."

채나가 테이블에 가득 놓인 만두와 찐빵을 쳐다보며 입맛을 다셨다.

"참아! 공연 끝나고 왕만두 한 트럭 사주마."

"진짜지?"

"그래, 임마! 그러니까 왕만두는 잊어버리고 기타나 열심히 쳐."

"헤헤헤! 좋아, 아주 빡세게 쳐줄게. 지미 헨드릭스가 울고 갈 만큼!"

최영필과 채나가 사이좋게 대기실을 떠났다.

지미 헨드릭스는 자타가 공인하는 20세기 최고의 기타리스트다.

연주 실력도 연주 실력이지만 이빨로 기타줄 물어뜯어 연주하기, 등으로 돌려 연주하기, 왼손잡이임에도 오른손잡이용 기타를 거꾸로 돌려서 연주하기, 공연이 끝난 뒤 기타를 불에 태우는 등 파격적인 퍼포먼스로도 잘 알려져 있다.

나이 스물일곱에 생을 마감한 드라마틱한 인물이었고.

"……!"

잠실실내체육관을 꽉 메운 관중들이 눈을 비볐다.

자신들이 뭔가 잘못 본 것으로 착각했기 때문이다.

관중들이 재차 한창 리허설 중인 T자형 무대를 주시했다.

"이 순간을 영원히… 아름다운 목소리로 노래해요……."

최영필이 기타를 연주하며 자신의 히트곡 중 하나인 미래의 세계를 힘차게 불렀다.

하지만, 관중들의 눈은 최영필을 쳐다보는 것이 아니었다.

빵-빵-빵-빵!

최영필의 뒤에 서서 헤어밴드로 긴 머리를 묵고 가죽조끼를 걸친 기타리스트를 주시하고 있었다.

채나였다.

"와아아아아아!"

"김채나! 김채나! 김채나!"

관중들이 함성과 함께 일제히 채나를 연호했다.

관중들은 아무도 몰랐다.

배창구가 토사곽란으로 쓰러져 채나가 땜방(?) 기타리스트로 출연했다는 것을!

지금 관중들은 채나가 기타를 치면서 최영필과 함께 연주를 하는 것이 약속된 퍼포먼스로 해석했다.

세상일이 늘 그렇듯 되는 놈은 뭘 해도 된다.

채나의 이 기타 땜방 연주는 채나를 한계가 없는 뮤지션으로 팬들에게 인식시켰다.

노래면 노래, 악기면 악기. 전지전능한 교주님의 신위!

훗날, 채나는 월드 투어 등 단독 콘서트를 할 때 오늘처럼 그룹사운드를 이뤄 기타를 치며 노래를 부르는 콘셉트를 반드시 포함시켰다.

피아노와 드럼을 치며 노래를 부르기도 했고.

"기타를 마음대로 휘두르는 그 여자!"

"그 이름은 김채나, 잘난 김채나!"

관중들이 가사를 살짝 바꿔 채나송을 부르기 시작했다.

3장

송별식

파파파파파팍!

툭 불거진 어금니가 코끼리 이빨만 한 거대한 멧돼지가 눈 덮인 산등성이를 미친 듯이 뛰어갔다.

컹컹컹!

그 뒤를 검은 수사자를 닮은 대여섯 마리의 개가 마구 짖어대며 쫓아갔다.

반짝!

산등성이 저편에서 한줄기 햇빛 같은 살기가 감돌았고.

흡사 한 송이 눈이 바람에 실려 가듯 하얀 광선이 달려오는 멧돼지의 두 눈을 스쳤다.

꽤애애액!

멧돼지가 비명을 지르며 두 눈에서 피를 쏟았다.

탕!

이어 한 방의 총성이 허공을 울리며 멧돼지가 그대로 머리통을 쳐 박으며 쓰러졌다.

눈처럼 하얀 고양이 스노우가 갈증이 나는 듯 멧돼지가 흘린 피를 핥았다.

멧돼지를 공격한 고양이.

확실히 스노우는 무늬만 고양이였다.

곧바로 채나가 키우는 애완견들인 사자개 킹과 퀸이 튀어왔다.

부모 견보다 덩치가 훨씬 커진 원, 투, 쓰리, 파이브가 살기를 뿜으며 따라왔고.

"짜식이, 튀어봤자 돼지지!"

얼룩무늬 야상을 걸친 채나가 망원렌즈가 부착된 미국제 레밍턴 22구경 자동소총을 든 채 묵직하게 다가왔다.

착!

스노우가 나비처럼 채나의 품에 안겼다.

"잘했어, 스노우! 니가 기습하지 않았다면 몇 시간은 더 고생했을 거야."

채나가 스노우의 머리를 쓰다듬었고.

"비켜봐, 킹! 어디 공개 수배된 놈 얼굴 좀 보자."

컹컹컹!

킹과 퀸 등이 죽은 멧돼지에게서 재빨리 떨어졌다.

"헤헤! 묘지까지 파헤친 범죄자다운 얼굴이다. 아주 악랄하게 생겼어. 흉기도 만만찮게 크고!"

채나가 잇새로 웃음을 날리며 개머리판으로 멧돼지 이빨을 툭툭 쳤다.

"엄청 큰 놈이네요 언니! 몇 키로나 나갈까요?"

채나처럼 얼룩무늬 군복을 걸친 방그래가 다가오며 말을 받았다.

"삼백에서 사백 키로는 족히 될 거다."

"흐으… 간만에 힘 좀 써야겠군요."

"어깨 다쳤다면서 괜찮겠어?"

"양손으로 만세를 부르면 아파서 탈이지 그전까지는 아무렇지 않아요. 허리와 하체는 옛날보다 더 강해졌구요."

방그래가 세계여자역도 챔프다운 무시무시한 발언을 했다.

300에서 400kg쯤 나가는 멧돼지를 어깨에 메고 옮기겠다는 뜻이었다.

역시 외계인의 매니저였다.

"쭈아! 내친김에 몇 마리 더 잡고 내려가자."

"예! 언니."

채나와 방그래가 산 아래쪽으로 막 걸음을 돌릴 때.

"헉헉… 나 힘들어 죽겠어. 그만 잡아! 두 마리면 됐지 뭘 또 잡아?"

등산용 파커를 걸친 박지은이 숨을 거칠게 몰아쉬며 비틀비틀 산등성이를 올라왔다.

"아, 짜증나! 그래서 따라오지 말라고 했잖아? 이 저질 체력 언니야!"

채나가 박지은을 쳐다보며 와락 인상을 썼다.

"궁금한 걸 어떻게 해! 난 사냥하는 거 말로만 들었지 처음 봤잖아?"

"참 별게 다 궁금하다. 사냥하는 게 뭘 볼 게 있다구……."

박지은이 비지땀을 흘리며 칭얼대자 채나가 눈을 부라렸다.

세상에 삼대 바보가 있다.

남 낚시하는데 뒤에서 구경하는 사람.

남 장에 간다고 같이 장에 가는 사람.

남 사냥하는데 쫓아다니는 사람.

이 중에서 박지은은 어디에 해당될까?

"유 팀장은 뭐해? 빨랑 언니 데리고 내려가. 눈 덮인 산을 뛰어다니기가 얼마나 힘든 줄 알아. 저러다 언니 다쳐!"

"제가 아무리 말씀드려도……."

생머리를 질끈 동여 맨 채 혹한기용 등산복을 걸친 삼십대 여자가 박지은을 힐끗 보며 말꼬리를 흐렸다.

마치 사나운 매처럼 생긴 유다영 팀장.

서울 코리아 호텔 총기 사건이 있은 직후 박영찬 회장이 박지은에게 붙여 준 수행비서였다. 쉽게 말하면 박지은의 개인 경호원이었고.

특전사에서 십오 년을 복무한 뒤 상사로 전역한 여성 인간 병기였다.

"그럼 딱 한 마리만 더 잡고 가자고. 천천히 따라와. 조심하고!"

"악!"

채나가 툴툴거리며 몸을 돌릴 때 박지은이 발목을 부여잡으며 주저앉았다.

"쳇! 말이 무섭지? 벌써 발목이 나가셨구만."

"미, 미안! 아까 미끄러질 때 겹질린 것 같아."

"오늘 사냥 끝! THE END!"

채나가 빽 소리치며 소총을 유 팀장에게 던졌다.

"방 부장은 저놈 업어! 난 이놈 업을 테니까!"

뒤이어 방그래에게 방금 잡은 멧돼지를 가리키며 명령을 했고 박지은을 덥석 업었다.

"우후후!"

유 팀장이 킥킥댔고.

"진짜 미안해, 채나야. 자꾸 방해해서……."

"언니만 손해지 뭐! 멧돼지 한 마리 더 잡아서 파파께 드리려고 했는데 꽝 됐어."

"저엉말?"

"내려가자, 방 부장!"

"예, 언니!"

채나가 화가 난 듯 박지은의 말을 그대로 씹었다.

파파는 박지은 아버지인 박효원 박사를 말했다.

정치가 김채나는 박효원 박사에게 신세를 졌다. 그것도 많이!

잠시 후, 방그래가 아무렇지도 않게 거대한 멧돼지를 어깨에 멨고, 채나가 가볍게 박지은을 업고 산등성이를 내려갔다.

"후우! 난 자기가 이렇게 업어줄 때가 제일 행복해."

"난 불행해. 언니가 돼지처럼 무거워서!"

"이쒸! 뒈질래?"

"아써, 아써! 나도 행복해. 말랑말랑한 자기 찌찌가 내 등을 애무해 줘서!"

"이히히히……."

"으흐흐……."

박지은과 채나가 연인 사이처럼 오글거리는 대화를 나누자 뒤따라오던 방그래가 숨 죽여 웃었다. 온몸이 오글거렸기 때문이다.

"……!"

유 팀장은 다른 각도에서 온몸이 오글거렸다.

삼백 키로가 넘는 멧돼지를 가볍게 어깨에 메고 가는 방그래나 야리야리한 체격으로 박지은을 업고 뛰다시피 걸어가는 채나 같은 사람은 본 적이 없었다.

특전사에서 남군들과 합동 훈련을 할 때도 이런 괴인들은 없었다.

앞으로 유 팀장은 이런 모습을 질릴 만큼 보게 될 것이다.

심장이 오그라드는 모습도 많이 보게 될 것이고.

겨울날치고는 너무 따뜻했다.

사냥하기에 딱 좋은 날이었다.

엊그제만 해도 영하 10도를 찍으면서 마구 수은주를 끌어내리더니 이제는 영상 3도까지 끌어 올렸다.

지구 온난화 현상 때문이라고 했다.

겨울이 아니라 봄이 온 듯했다.

따뜻한 겨울날, 채나가 파주 '채나원'에 친구들을 초대했다.

친구들이라기보다 가장 가까운 동료들이었다.

초대라기보다 송별식이었고.

내일모레 채나는 미국으로 떠난다.

타타탁.

큼직한 통돼지 한 마리가 장작불에 노릇노릇 구워지고 있었다.

"그럼, 우선 채용자로 단 한 명만 뽑은 거야, 언니?"

"응! 교육부에서 우리 회사로 보낸 공문을 봤어. 지은이 딱 하나야."

연필신의 매니저인 하선욱과 KBC 아나운서인 금혜원이 장작불 앞에 앉아 도란도란 대화를 나눴다.

주제는 신설된 서울대학교 예술대학 우선 채용 교수에 관한 건이었다.

하선욱이나 금혜원은 장차 대학교수를 꿈꾸는 재원들이었기에 아주 관심이 많았다.

"진짜 서울대 살벌하네! 그렇게 오랫동안 대문짝만 하게 공고를 내놓고 어떻게 딱 한 명만 뽑지?"

"그러니까 서울대지. 선욱이 너도 봤잖아? 그 공고는 채나하고 지은이를 공채를 빌미로 특채하기 위한 미끼였어. 한데 채나가 취소를 했으니 지은이만 뽑고 끝낸 거야."

금혜원이 잘나가는 아나운서답게 정확한 발음으로 또박또박 말했다.

"서울대에서 연락 왔지? 노 부장!"

"네, 언니! 근데 이사님은 별로인가 봐요. 집안의 압력에 떠밀려서 응모는 했지만 교수직에 관심이 없으세요. 또 예술대는 전공도 아니구요."

"아! 맞다. 마마 언니는 서울대 MBA 출신이었죠?"

하선욱이 뭔가 이해가 된다는 듯 고개를 주억거렸고.

"잘하면 한 명도 뽑지 못하겠군요. 왠지 통쾌하네요."

"미투!"

금혜원과 같이 재미있다는 듯 낄낄거렸다.

"서울대학교 교수? 후우—"

장작불 더미에서 조금 떨어진 통나무 탁자 옆에 앉아 고기를 집어 먹던 한미래의 매니저 임연주가 한숨을 길게 내쉬었다.

대전예술전문대학 작곡과를 중퇴한 임연주가 끼어들기에는 너무 거창한 화제였다.

임연주는 한미래가 전국 투어를 시작할 때부터 로드매니저 일을 했다.

그동안 채나와 박지은, 연필신 등 한미래와 가까운 연예인들을 여러 번 만났다.

매니저들과도 몇 번 어울렸고.

그때마다 엄청난 괴리감을 느껴 매니저 일을 그만둘까 말까 고민까지 했다.

정말 달라도 너무 달랐다.

어느 때 보면 아예 신분이 다른 것 같았다.

양반과 상민.

부르조아와 프로레타리아.

대화도 늘 오늘 같은 식이었다.

서울대 교수, 대통령 선거, 회사경영 등등.

어쩌다 돈 얘기가 나오면 억은 기본이었고!

게다가 무슨 연예인들 학력이 이렇게 빵빵한 거야?

서울대, 고려대, 이화여대, UCLA…….

하지만 임연주는 열심히 버티기로 작정했다.

한미래의 로드매니저로서 취업한 목적이 있었기에!

"이사님은 채나 씨가 콜을 할 줄 알고 응모했는데 채나 씨가 취소하는 바람에 고민이 커졌어요. 아시다시피 이사님은 성격상 남에게 잔소리하고 가르치는 것을 좋아하지 않거든요."

이화여대 신방과 출신이 임연주의 기분과는 상관없이 서울대 교수 이야기를 이어갔다.

"치이! 그런 사람이 시어머니처럼 채나를 쫓아다니며 잔소리를 해?"

"그게 참 이상해요. 이사님은 절대 그런 사람이 아닌데……."

"채나가 아주 죽겠대. 〈블랙엔젤〉 촬영할 때 발음 하나라도 새면 난리 나고!"

UCLA 출신이 친절하게 상대를 해줬고.

"히히히! 마마 언니는 채나를 사랑하는 거예요, 사랑! LOVE!"

고려대 출신이 뒤질세라 참견을 했다.

연필신이 큼직한 술병을 든 채 한미래와 함께 다가왔다.

"헤헤! 어느 때는 진짜 연상녀 연하남 커플 같아요. 채나 언니 입술에 묻은 밥풀까지 떼 줘요."

"산삼주 찾았어요? 필신 언니!"

고등학교 중퇴를 한 한미래의 말은 고려대 대학원 재학 중인 하선욱에게 먹혔다.

"쫘식이, 본채 벽장 속에서 숨겨 놓을 걸 간신히 찾았어. 맛을 보니까 딱 산삼주야!"

텅!

연필신이 득의양양한 표정으로 술병을 통나무 탁자 위에 내려놨다.

"진짜예요? 어디 어디?"

"산삼주가 대체 어떻게 생긴 거야?"

하선욱과 금혜원 등이 우르르 달려들었다.

임연주도 슬며시 끼었고.

이런 화제라면 지방 잡대를 중퇴한 사람도 충분히 얘기가 된다.

"이거 더덕주 아냐, 선욱 언니? 난 더덕 같은데 필신 언니는 자꾸 산삼이래!"

한미래가 큼직한 술병을 톡톡 치며 딴죽을 걸었다.

"이 시키가 진짜?! 야! 너 산삼 먹어 봤어? 먹어 봤냐구?"

"아, 아니……."

"근데 뭘 안다고 나서 임마! 난 먹어봤다니까. 채나가 지난 여름에 마마언니 왔을 때 삼계탕을 끓이면서 인삼 대신 산삼을 넣었다고. 그치, 민지 언니?"

"맞아. 필신 씨 말대로 채나 씨가 그때 산삼을 넣었다고 했어."

"봐봐! 내 말이 뻥인 줄 알아?"

느닷없이 파주 '채나원'의 숲 속에서 산삼 논쟁이 붙었다.

"채나 언니가 그랬다니까! 산삼은 아무리 커봤자 어른 손가락만 하대. 잔뿌리가 아주 많고. 근데 언니가 찾아낸 얘는 무 크기잖아? 김치 담는 무!"

"정말 엄청 크네."

"아호, 바보들아! 백 년씩이나 자랐는데 좀 크겠냐?"

"자세히 보니까 인삼 같다. 산삼치고는 너무 커!"

"좋아! 난 산삼, 미래는 더덕, 혜원 언니는 인삼, 민지 언니는 뭐야?"

"호호호… 난 도라지!"

"미친다. 도라지래? 또 연주는?"

"전 잔대 같은데요."

"자안대?!"

"잔대가 뭐야?"

지방 잡대가 잡대와 비슷한 이름인 잔대로 UCLA부터 고려대 이화여대까지 눌러줬다.

아무도 잔대를 몰랐기 때문이다.

산삼, 인삼, 더덕, 도라지, 잔대.

모두 약용식물로서 뿌리가 비슷하게 생겨 섞어놓으면 구분하기가 쉽지 않다.

잔대는 사삼(沙蔘)이라고도 부른다. 뿌리가 도라지처럼 희고 굵다.

인삼처럼 사포닌 성분이 있어 약용 식용으로 쓰인다.

"그럼 채나가 오면… 근데 저 풍경은 뭐라고 설명해야 하지? 어디쯤에서 웃어야 되고? 이히히히히!"

연필신이 말을 하다 말고 저편 숲을 쳐다보며 자지러졌다.

"해해! 우리가 산적들이 사는 산채에 왔었구나."

한미래가 아주 간단하게 설명했다.

정말 재미있는 광경이었다.

얼룩무늬 야상을 걸친 채나가 박지은을 업은 채 유 팀장과 함께 걸어오고.

방그래가 거대한 멧돼지를 멘 채 쫓아오고.

시커먼 사자개들이 어슬렁거리며 따라왔다.

산적들이 한 건해서 전리품을 챙겨 파주 산채로 돌아오는 길이었다.

턱턱!

채나가 기름기가 자르르 흐르는 멧돼지 고기를 큼직큼직하게 베어 거대한 통나무 구유 속에 던져줬다.

와작! 와작!

서너 시간 동안이나 눈 덮인 산등성이를 뛰어다니며 멧돼지를 쫓아다녀서 허기가 진 듯 시커먼 사자개들이 구유에 머리를 처 박은 채 허겁지겁 먹었다.

스노우는 아예 구유 속에 들어가 있고.

"아유— 애들 진짜 먹성 좋다. 벌써 그 큰 멧돼지를 반 마리나 먹어 치웠어."

금혜원이 멧돼지 고기를 정신없이 먹어대는 사자개들을 지켜보며 전매특허인 코맹맹이 소리로 탄성을 터뜨렸다.

"헤헤헤! 이 시키들 덩치를 봐? 소 한 마리도 그냥 꿀꺽이야!"

채나가 늠름하게 성장한 자식들을 흐뭇하게 지켜보는 엄마 같은 얼굴로 퀸을 쓰다듬어 주며 말을 받았다.

진짜 채나는 흐뭇했다.

원, 투, 쓰리, 파이브가 부모견인 킹과 퀸보다 덩치가 더 커진 것이 자신의 키가 10센티쯤 큰 것만큼이나 기분이 좋았다.

유사시에 자신을 지켜줄 충견들이었기에.

"정말 그렇겠다. 근데 너 없을 땐 애들 누가 돌봐줘? 밥 챙겨주는 것만도 쉬운 일이 아닐 것 같은데?"

"슈퍼 길 사장이 소개시켜 준 개 알바가 있어."

"개 알바?!"

"일당을 꽤 세게 주는데 영 마음에 안 들어."

"뭐 가?"

"사람이나 짐승이나 이런 추운 겨울에는 고단백 영양식을 먹여야 하거든. 가끔 이렇게 돼지나 소고기 같은 별식도 주고. 근데 그 아저씬 사료만 던져주고 도망치기 바빠!"

"호호! 딱 감이 온다. 돈도 좋지만 이런 맹견들에게 먹이를 주려면 얼마나 무섭겠어."

"무섭긴 뭐가 무서워? 얘들은 내 명령이 없이는 절대 사람을 물지 않는다니까!"

"그건 네 생각이지 얘! 난 지금 얘들이 모여서 밥 먹는 것 만 봐도 겁이 나."

"치이— 우리 포도 데려올 걸 그랬어. 오랜만에 엄마 아빠도 보고 형제들도 만나고 포식도 하고 좋았을 텐데."

채나가 개들에게 밥을 주며 금혜원과 얘기를 나눌 때 박지은이 다리를 절룩거리며 다가왔다.

"됐어! 그 배신자는 언니네 집에서 열심히 살라해."

"배신자아?! 포가 뭘 어쨌는데?"

채나가 박지은 집으로 입양된 새끼 사자개 포에 대해서 툴툴거리자 금혜원이 호기심이 동한 눈초리로 물었다.

"내가 지난번에 장충동 마마 언니네 집에 놀러 갔었잖아?"

"근데에?"

"자식이 나를 잊어버리고 으르렁대는 거 있지? 정말 돌아버릴 뻔했다니까!"

"아휴휴! 재미있네. 강아지 때 니가 입양시킨 포가 너를 몰라보고 으르렁대? 그래서 어떻게 했어?"

"어떻게 하긴 뭘 어떡해? 엄하게 꾸짖어줬지. 그저 사람이고, 개고 미친놈들은 몽둥이가 약이거든."

"오호호호!"

채나가 여전히 화가 풀리지 않은 듯 씩씩대며 주먹을 흔들었다.

"에효… 니가 얼마나 무섭게 교육을 시켰는지 포가 아직도 기가 죽어 있다."

박지은이 주인답게 포 편을 살짝 들었다.

"이래서 말리는 시누이가 더 밉다니까! 앞으로 포 교육 잘 시켜. 다음에 또 나를 보고 이빨 까면 그땐 아예 이빨을 모조리 뽑아버릴 거야."

"아후! 채나야……."

개가 물면 같이 물고 개가 으르렁대면 이빨을 뽑아버리는 사람.

채나는 그런 사람이었다.

"개새끼 신경 쓰지 말고 이쪽으로 앉아!"

"왜에?"

"포를 닮았나? 앉으라면 앉지 뭔 말이 그렇게 많아?"

털썩!

채나가 박지은을 통나무 위에 앉힌 채 서슴없이 신발과 양말을 벗겼다.

"후우… 냄새 날 텐데?"

박지은이 그제야 겹질린 발을 살펴보려는 채나의 의도를 알고 얼굴을 붉혔다.

"냄새 좀 나면 어때? 언니 발인데!"

"아야야야 아파!"

"헤헤헤! 아까 겹질린 발 이쪽 맞지?"

"응응!"

쓰쓰쓰쓱!

채나가 큼직한 얼음 덩어리로 박지은의 발목 주위를 한참이나 마사지를 했다.

"후우, 시원해… 이제 좀 아픈 게 가신다."

"이렇게 차가운 얼음으로 부기를 가라앉힌 뒤 이 녀석을 살살 발라주며… 땡!"

뒤이어 누런 약을 발목 위에 골고루 발라줬다.

"이게 무슨 약이야?"

박지은이 궁금한 듯 물었다.

"야저담(野猪膽). 아까 잡은 멧돼지 쓸개야."

"메, 멧돼지 쓸개!"

"울 할아버지가 그랬어. 멧돼지 쓸개는 삐거나 상처 난 데

바르면 직효래."

"정말?!"

박지은은 지금 채나가 멧돼지 쓸개가 아니라 땅 바닥에 있는 흙을 발라줘도 말끔하게 낫을 것 같았다. 땅이 차서 냄새가 나는 발을 전혀 개의치 않고 아주 정성껏 마사지를 해줬기 때문이다.

그만큼 채나는 박지은을 끔찍하게 생각했다.

실제로, 조선시대 때 유명한 의원이었던 허준이 저술한 동의보감에 멧돼지 쓸개의 놀라운 효능에 관해 세세히 기록돼 있다.

울 할아버지는 김 교장이 아니라 선문의 97대 대종사 장룡을 가리키는 말이었고.

"언니들! 식사하십시오. 준비 다 됐습니다."

"마마 언니, 혜원 언니, 채나야! 밥 먹어."

"오냐—"

방그래와 연필신이 밥을 먹으라고 부르자 채나가 아주 너그럽게 대답했다.

"밥 먹으러 가자구!"

채나가 밥 소리에 마음이 급해진 듯 후다닥 박지은의 양말과 신발을 신겨줬고.

쪽! 뽀뽀를 하고 재빨리 몸을 돌렸다.

"호호호! 여자애들이 교주라면 환장하는 이유를 이제야 알겠어. 이런 말을 하면 교주가 날 잡아먹으려고 하겠지만 정말 수컷의 매력이 넘쳐."

금혜원이 통나무 탁자 쪽으로 잽싸게 달려가는 채나를 쳐다보며 깔깔댔다.

"그니까! 교주랑 하루만 지내면 어떤 여자도 자신의 정체성을 의심하게 돼. 아주 푹 빠지게 되거든."

박지은이 씁쓸한 미소를 띠며 맞장구를 쳤다.

"어떤 남자가 울 교주 같은 마력이 있을까? 순정만화에 나오는 예쁜 미소년이 주저없이 아가씨 신발과 양발을 벗기고 한참 동안 마사지를 해준 후 약을 발라주고 키스로 마무리. 겹질린 다리가 아니라 암 걸린 다리도 낫을 거야!"

"후우, 걱정이다! 이러다가 진짜 남친이나 만날 수 있을까? 남친이 생기면 나도 모르게 교주랑 비교할 텐데… 현실에는 울 교주 같은 남자가 없잖아?"

"나도 문제야. 요 근래 〈KK팝〉 녹화 때문에 교주를 자주 만나면서 내 남친이 오징어처럼 보이기 시작했어. 옛날엔 내 남친 진짜 멋있었거든!"

"우후후후!"

박지은과 금혜원은 서울대학교 MBA와 UCLA 영문과 출신으로 사격선수 채나 킴의 팬클럽인 〈채나교〉가 결성될 때 미국에서 만난 아주 가까운 친구였다.

이 두 재원이 채나의 남성적인 매력 때문에 자신들의 남친 걱정을 했다.

영락없이 상대성 오징어 이론이 등장했고.

"······!"

채나가 생전 처음 밥상을 보고 인상을 썼다.

그것도 밥상 위에 차려진 음식의 양이 적어서가 아니라 오히려 너무 많아서였다.

지난 연초에 ㈜SIS의 오세영 사장이 채나를 이 '채나원'으로 안내했을 때 슈퍼 길 사장 부인이 큼직한 솥단지를 걸어놓고 닭백숙을 끓여줬던 그 자리.

바로 그 자리에 솥단지 대신 커다란 통나무 탁자와 의자들이 놓여 있었다.

통나무 탁자 위에는 김치부터 시작해서 수많은 음식이 가득 차려져 있었다.

옆에서는 아주 고소한 냄새를 풍기는 멧돼지 통구이가 장작불에 노릇노릇 익어가고.

"우리 집 냉장고를 아예 싹싹 핥았구나? 연필신!"

"노노! 범인은 나 아님. 김채나 노예 5기 188센티에 140키로 빵그래 선수서!"

채나가 통나무 식탁을 훑어보며 볼멘소리를 하자 연필신이 고개를 살살 흔들며 방그래를 범인으로 지목했다.

국민돼지 채나가 삐칠 만큼 차려놓은 밥상.

구첩반상을 지나 구십 첩 반상쯤 돼 보였다

채나가 아껴놨던 '채나원'의 음식들이 총출동했다.

채나보다 손이 더 큰 방그래 작품이었다.

"아무리 맛있는 음식도 냉장고에서 며칠 묵으며 맛이 변합니다. 미국 가시기 전에 해치우는 게 좋습니다."

방그래가 당당하게 구십 첩 반상의 사연을 밝혔다.

"그야 그렇지만……."

"걱정 마십시오. 앞으로 제가 그날그날 장을 봐서 아주 신선한 재료로 요리를 해드릴 겁니다, 언니 입에 딱 맞게! 양은 아주아주 많이!"

"헤에에, 정말?! 방 부장이 요리도 할 줄 알아?"

방그래가 날마다 신선한 재료로 요리를 해주겠다고 말하자 채나의 얼굴이 환하게 바뀌었다.

"으흐흐! 전 다섯 살 때부터 우리 아빠한테 요리를 배웠습니다. 참고로 우리 아빠는 서울 둔촌동에 있는 사십 년 전통을 자랑하는 사천요리의 요람인 사천대반점의 주인이자 숙수이십니다. 또 전 한식, 양식, 일식, 중식까지 네 개의 조리사 자격증을 보유하고 있습니다."

방그래가 특유의 다나까 톤으로 씩씩하게 외쳤다.

"미안미안! 울 빵 부장이 중국집 딸이라는 걸 깜박했어. 자! 그럼 먹자고!"

쫙!

채나가 활짝 웃으며 박지은의 발가락을 열심히 애무(?)했던 손으로 멧돼지 다리를 찢었다.

물론 손은 씻지 않았다.

머릿속으로 〈블랙엔젤〉 촬영 현장에서 방그래가 선물했던 오 단짜리 도시락 찬합을 떠올리면서.

"선욱아! 방금 방 부장 말 들었지?"

연필신이 멧돼지 고기를 한입 메어 물며 매니저인 하선욱을 쳐다봤다.

"죄송해요, 언니! 난 라면도 잘못 끓여요, 헤헤!"

"그래? 낼 아침에 사표 써서 갖고 와."

"네, 언니!"

연필신이 매니저인 하선욱을 간단히 잘랐다.

하선욱은 열다섯 번째 잘렸다.

"울 노 부장님은 어떤 요리를 하실 줄 아시나?"

이번에는 박지은이 노민지를 째렸다.

"전 유명한 요리 품평사죠. 먹어 보고 맛이 어떠니 잔소리하는……."

"까르르르! 호호호!"

노민지의 대답에 좌중이 뒤집혔다.

"그런 눈으로 쳐다보지 마, 미래야! 난 그래도 컵라면에 뜨거운 물 붓는 거는 선수잖아?"

"축하드려요. 아주 장하시네요!"

"호호호! 킥킥킥!

임연주와 한미래의 얘기를 들은 연필신 등이 폭소를 터뜨렸다.

"진짜 방맹이가 덩칫값 해. 못하는 게 없다니까!"

연필신이 방그래를 보며 부러운 표정으로 말했다.

방맹이는 채나교도들이 만든 방그래 매니저의 합성어였다.

"결정적으로 이 녀석과 난 코드가 너무 잘 맞아."

채나가 열심히 멧돼지 고기를 뜯으며 방그래를 칭찬했다.

"어떤 코드가?"

"때와 장소를 가리지 않고 끝없이 먹기! 간단히 큰 돼지! 작은 돼지! 이히히히!"

박지은이 궁금한 듯 물었고 연필신이 채나 대신 시원하게 대답했다.

"헤헤! 맞아. 이 녀석 먹성이 나랑 비슷하니까 여러모로 편해."

"전 진짜 진짜 행복합니다. 채나 언니랑 마주 앉아서 하루 종일 음식을 먹는 게 제 소원이었습니다."

"히히히! 채나랑 마주 앉아서 하루 종일 먹는 게 소원이었대?!"

"우후후! 진짜 아름다운 소원이다. 천생연분이고!"

방그래의 아름다운(?) 소원이 통나무 탁자 주위에 웃음꽃을 피웠다.

"시키야! 소원이 이뤄졌으면 그 산삼주는 꼬불쳐 놔야지 그것까지 내오면 어째?"

갑자기 채나가 방그래를 째려보며 불퉁거렸다.

"사, 산삼주 말입니까? 이건 간장병입니다!"

채나의 산삼주라는 말에 방그래가 화들짝 놀라며 앞에 놓여 있는 간장병을 집어 들었다.

"맹추야! 거기 써 있잖아? '삼표간장' 이라구!"

"삼.표.간.장.요?"

"에이— '채나원' 에 자주 드나드는 영동산 쥐하고 호주산 쥐 때문에 산삼주를 간장병에 담아서 숨겨뒀더니 자식이 눈치 없이 들고 와?"

"애해해해해! 채나 언니 진짜 깼다. 나하고 필신 언니가 훔 쳐 먹을까 봐 간장병에 산삼주를 담아놨대?"

"여기서 함정은 '샘표간장' 이 아니라 '삼표간장' 이야. 딴 엔 혹시 잊어버릴까 병에 표시를 해놨던 거지! '삼표간장'. 이 히히히히, 죽여준다!"

"삼표간장? 웃겨! 웃겨!"

채나가 산삼주가 간장 병에 담겨져 있는 사연을 밝히자 한 미래와 연필신이 간장 CF를 흉내 내며 자지러졌다.

"……!"

그때, 영리한 금혜원이 어떤 생각이 난 듯 고개를 갸우뚱했다.

"그럼 이건 무슨 술이야, 채나야?"

아까 연필신이 본채 벽장에서 찾아냈다는 술.

산삼주 진가의 논쟁이 치열했던 그 술병을 집어 들었다.

"쳇! 칡술까지 가지고 나왔네?"

"치이이이이이이익 술?"

채나가 아주 간단명료하게 산삼주 진가의 논쟁을 종식시켰 다. 칡술이라고!

"피이이실 언니! 먹어 봤다며? 산삼을 먹어 봤다며?"

"그, 그게 참… 근데 너도 틀렸잖아, 시키야? 더덕주라고 외친 놈은 누군데?"

한미래와 연필신이 산삼 논쟁 2라운드로 접어들었다.

"이거 인삼 아냐? 모양이 꼭 인삼처럼 생겼는데?"

"바보 언니야. 함정2니까 그렇지!"

"히히히! 쫘식이 산삼주를 보호하기 위해 이중 삼중으로 실드를 쳐놨구만! 칡을 인삼 모양으로 깎아서 집어넣었어."

역시 전직 매니저답게 연필신이 쉽게 채나 말을 알아들었다.

통!

연필신이 주저 없이 '삼표간장' 병을 땄다.

"그런 의미에서 '삼표간장' 한 잔씩 하자구!"

"좋아요, 해해해!"

"미성년자는 찌그러지시고!"

"씨이이이! 나 한 달 후면 탈미야."

한미래가 얼른 술잔을 들이대자 연필신이 구박했다.

탈미는 미성년자를 벗어난다는 뜻이다.

"그럼 연술녀가 먼저 시원하게 한 잔……."

샥!

연필신이 막 술잔을 따르려 할 때 채나가 바람처럼 '삼표간장' 병을 낚아챘다.

"나쁜 시키!"

연필신의 입이 툭 튀어나왔다.

"장유유서, 멍충아! 제일 연장자이신 유 팀장부터 한 잔 해."

채나가 저편 구석에서 그림자처럼 조용히 서 있는 박지은의 경호원인 유다영 팀장을 불렀다.

"사양하겠습니다, 채나 씨! 전 근무시간에는 술을 마시지 않습니다."

"아주 훌륭한 마인드. 근데 이건 술이 아니라 약이야. 진땡이 산삼 엑기스!"

"아, 그런가요?"

유 팀장이 미소를 띠며 다가와 술잔을 받았다.

채나가 간장종지 같은 술잔에 딱 반잔을 따라줬다.

"호호… 산삼주 맛이 어떨까나? 아주아주 기대 돼."

유 팀장이 잔을 들고 물러나자 금혜원이 잔을 내밀었다.

"빠지시고! 마마 언니 생일이 두 달이나 빠르잖아?"

"홍홍홍!"

채나가 냉정하게 술병을 박지은에게 돌리자 금혜원이 마구 콧방귀를 날렸다.

"후후, 혜원이 줘! 난 술 못 마시잖아, 바보야."

"금방 내 얘기 못 들었어? 이건 술이 아니라 약이야. 한잔하고 푹 자면 겹질린 다리가 시원하게 낫을 거야."

"그래?"

"눈 딱 감고 먹어. 우리 대사형이 보내준 티베트 산 동충하초(冬蟲夏草)와 네팔산 석청(石淸)도 넣었어."

"……!"

채나가 큼직한 밥공기에 '삼표간장'을 따랐다.

유 팀장에게 건넸던 잔보다 훨씬 컸다.

채나가 박지은을 생각하는 크기였다.

티베트산 동충하초는 히말라야의 금으로 불리는 같은 무게의 황금과 값이 똑같다는 약초였다.

네팔산 석청은 네팔왕국에서 아주 귀한 손님이 왔을 때만 내놓는다는 히말라야의 깊은 산속에서 따온 벌꿀이었고!

"아후후후후……."

박지은이 '삼표간장'을 마신 후 진저리를 쳤다.

'정말 채나 씨가 대단하다. 마마 언니에게 술까지 먹였어. 언니는 맥주나 소주를 무슨 제초제처럼 생각하는 사람인데…….'

채나는 국민배우 박지은에게 외박부터 술까지… 모든 일탈을 다 시켰다.

아주 나쁜 남자(?)였다.

"혜원 언니! 민지 언니!"

채나가 일어서서 금혜원과 노민지에게 '삼표간장'을 딱 반 잔씩 따랐고.

"내 주량 알지? 1,000cc쯤 따라, 시키야!"

연필신이 큼직한 주발을 내밀었다.

"미달이! 많이 먹는다고 좋은 게 아냐!"

"이 시키가? 금방 마마 언니한테 했던 말하고는 완전 다르네. 아무튼 미국 가면 전화 자주해. 나한텐 안 해도 좋으니까 네 남자친구인 연대희 이장에게는 꼭 해!"

"쳇! 몇 개월이나 가 있다구."

"바보야. 어른들은 안 그래. 아빠가 너 언제 미국에 가느냐고 열 번은 물어봤어."

"아써! 이제 빵그래가 옆에 있으니까 전화기 잃어버린 염려도 없고 자주하지, 뭐."

"하라쇼!"

연필신이 아주 좋다는 말을 러시아어로 짧게 외쳤다.

채나가 정규앨범 녹음과 월드 투어 때문에 미국에 가는 것!

방금, 연필신의 말처럼 연대회 이장 등 채나와 가까운 어른들만 관심 있는 것이 아니었다.

세계 각국에서 끝없이 분열하는 채나의 팬들과 연예계 관계자들까지…….

약간 뻥 튀겨서 모든 지구인 초미의 관심사였다.

정작 장본인인 채나는 한국 대통령선거에 더 관심이 많았지만.

"채나 언니! 정말 궁금해서 그러는데요?"

채나가 옆에 오자 하선욱이 정색하고 입을 열었다.

"왜 서울대 교수 자리 거절했어요?"

푹!

또다시 하선욱이 서울대 교수 얘기를 꺼내자 옆에 앉아 있던 임연주가 고개를 떨궜다.

고딩 중퇴인 한미래도 급 얼굴빛이 변했고.

하선욱은 대학교수가 평생의 꿈이었다.

해서 고려대학원에 진학했고 돈을 모아 미국이나 영국으로 유학 갈 계획까지 세웠다.

한데 채나가 교육부장관까지 쫓아와 부탁을 했던 서울대 교수직을 미련 없이 버리자 너무나 아쉬웠던 것이다.

삼대가 공덕을 쌓아야 임용될 수 있다는 국립 서울대학 교수였기에!

"너도 연예인 매니저니까 알잖아? 내가 일 년에 몇 번이나 학교에 나가 강의할 수 있을 것 같냐?"

"언니는? 대학교수라고 모두 학부나 대학원에서 강의하는 건 아니에요. 연구교수들도 수두룩해요. 아마 교육부나 서울대 쪽에서도 언니를 연구교수 쪽으로 생각했을 거예요. 학교 행사 때 가끔 얼굴을 비추는 교수들!"

"이 시키가, 정말 아쉬운가 보네?"

"무지무지요. 채나 언니도 아시잖아요? 내 꿈이 대학교수라는 거!"

"박사 끝낸 뒤에도 교수로 나가지 못하면 마마 언니 찾아가. 네 소원인 교수 자리에 앉혀 줄 거다."

"저, 정말요? 진짜예요, 마마 언니?"

"후후후, 그래, 선욱아! 서울 연고대는 불가능하지만 충무대는 어렵지 않아."

박지은이 '삼표간장'을 마셔서 그런지 얼굴이 새빨갛게 변한 채 말을 받았다.

"아하— 그렇구나. 마마 언니 아버님이 충무대학교 재단이

사장님이셨지?"

하선욱이 탄성을 터뜨렸다.

"또 마마 언니는 충무대 재단이사야. 빨리 옆에 가서 잘 보여. 술 깨고 나서 뭔 개뜬금? 이러기 전에!"

"마마 언니! 전 모태 팬이에요. 싸랑해요."

"후후후! 깔깔깔!"

하선욱이 호들갑을 떨며 박지은에게 착 달라붙자 채나 등이 깔깔댔다.

'쩝쩝! 더 이상 할 말이 없다. 대학교수로도 부족해서 대학교수로 취업시킬 수 있는 능력자까지 계셨어.'

임연주가 다시 길게 한숨을 쉬었다.

지잡대 출신으로 전형적인 대한민국 보통 사람인 임연주는 서울대 출신의 전형적인 대한민국 최상류층 사람인 박지은 등이 좀처럼 적용되지 않았다.

"아참, 그리고 껑다리 아줌마!"

"예! 존경하는 교주성하!!"

채나가 뭔가 잊어버렸다는 듯 연필신을 불렀고.

연필신이 '삼표간장' 기운이 오르는지 씩씩하게 대답했다.

"너 내년 5월 한 달은 스케줄 비워둬."

"이 때지가 뭔 소리를 하는 거야?! 5월은 우리 개그맨들에게는 명절 중에 명절이야. 대목 중에 대목이고! 메이데이, 어린이날, 여성의 날, 어버이날, 스승의 날 등등, 임마! 행사만 해도 하루에 열 개 이상을 뛸 수 있어."

연필신이 화들짝 놀라며 목청을 높였다.

"내가 대신 그 출연료 주면 되잖아?"

"니, 니가 출연료를 대신 줘?"

출연료를 대신 주겠다는 채나의 말에 연필신의 주근깨가 더욱 짙은 색을 띠었고.

"5월에 나랑 북한 가서 공연해야 돼."

"윽!"

북한이라는 말에 마른 비명을 질렀다.

연필신은 이미 채나가 북한 당국과 공연 계약을 맺었다는 것을 잘 알고 있었다.

계약금을 999,9짜리 포 나인 순금으로 받았다는 것도 알고 있었고.

하지만 자신도 북한에 가야 한다는 사실은 모르고 있었다.

물론, 눈치 10단인 연필신은 비명을 지르는 그 짧은 순간 0.5초도 안 되는 그때 이미 상황 파악을 끝냈다.

"히히히! 나 또 업둥이야?"

"업둥이가 아니라 스탭이야. 내 공연을 진행하는 MC! 북한 관계자들도 콜했고."

"우쭈쭈쭈쭈! 내 새끼! 귀여운 내 쌔끼. 뽀뽀!뽀뽀뽀!"

"으으으으… 술 냄새!"

뒤이어 채나를 끌어안고 마구 뽀뽀를 했다.

"큭큭큭! 이히히히!"

한미래 등이 폭소를 터뜨렸다.

"아하! 고품격 개그우먼 연필신 너무 잘나가는 거 아냐? 북한에서 공연하는 대한민국 출신 개그우먼은 내가 최초 같은데? 그럼 나도 개런티를 금궤로 받는 거냐? 때지야?"

"오냐! 벽돌만 한 놈으로 주마."

"와우우우, 신 나! 울 때지 이리와. 뽀뽀뽀!"

연필신이 재차 채나를 끌어안고 난리법석을 떨었다.

연필신이 난리법석을 떨 만했다.

대한민국 출신 연예인이 적성국가인 북한까지 가서 공연을 한다는 것은 그만큼 인지도를 높일 수 있다는 뜻이었다.

채나가 미국에 가면서 친구인 연필신에게 준비한 첫 번째 선물이었다.

두 번째 준비한 선물은 끝내 연필신을 울렸고!

"치이! 친구 좋다. 북한 공연까지 데리고 가고!"

그때 박지은이 입을 툭 내밀었다.

"마마 언니나 미래 얘기도 꺼냈는데 거절당했어."

"왜애애 언니?"

한미래가 궁금한 듯 눈을 초롱초롱하게 떴다.

"바보야, 그걸 몰라서 물어? 마마 언니나 너는 북한의 철천지원수인 미제들과 비슷하게 생겼잖아. 난 사흘쯤 굶은 이북 여자처럼 생겼고!"

"우후후후! 깔깔깔깔!"

연필신이 자학 개그를 펼치자 튀어나왔던 박지은과 한미래의 입이 쏙 들어갔다.

"속사정은 나도 몰라. 아무튼 꺾다리 아줌마만 겨우 허락 받았어."

"쭈아! 그런 의미에서 건배 한 번 하자고!"

"고품격 개그우먼 연필신의 북한 공연과 김채나의 빛나는 미국 장도를 위하여!"

"위하여— 건배!"

지난봄 '채나원'에서는 박지은과 노민지 등 다섯 명이 모여 건배를 했다.

채나가 〈우스타〉에서 낙마를 한 뒤 아주 씁쓸한 기분으로.

다시 육 개월이 흐른 이 겨울, 월드 투어를 뛰고 북한까지 가서 공연을 하는 대한민국 연예계의 당당한 여성 사인방으로 성장하여 건배를 했다.

아주 상쾌한 기분으로.

따르릉!

그때, 방그래가 조심스럽게 휴대폰을 받았다.

"㈜CHOI 엔터의 최 사장님입니다, 회장님!"

방그래가 휴대폰을 걸어온 사람을 의식한 듯 방금 전과는 사뭇 다르게 정중한 어투로 채나에게 휴대폰을 건넸다.

"어휴! 죄송해요. 요 며칠 수백 명의 손님을 만났더니 정신이 하나 없네요. 지금 즉시 나갈게요. '채나타운'에서 식사하고 계세요. 네네!"

"……!"

채나가 급히 전화를 끊었다.

"언니들하고 미래는 밥 먹고 있어. 필신이 데리고 잠깐 건너 갔다 올게!"

"나?!"

"응! 돈 많은 남자가 너 좀 보재."

"나아 소개팅해 주는 거야?"

"그래, 임마! 미국 가기 전에 불쌍한 꺽다리 아줌마한테 믿음직한 남자 하나 붙여 줘야지."

"좋아요! 아주 좋아요! 오랜만에 소개팅 한번 합시다. 이히히히!"

연필신이 기분이 너무너무 좋은 듯 발딱 일어나서 엉덩이를 마구 흔들었다.

"궁금하다! 뭐하는 남자야, 때지 언니?"

"나이는?"

"얼굴을 어떻게 생겼어? 미남이야?"

"부자야? 직업은? 변호사? 혹시 미국 장 박사님 친구야. 하버드 닥터?"

"키는? 당연히 크겠지, 내가 크니까!"

"학교는? 어느 대학 나왔어요? 서울대? 연대 고대? UCLA?"

채나 입에서 연필신에게 남자를 소개해 준다는 말이 떨어지기 무섭게 박지은을 제외한 모든 아가씨가 벌 떼처럼 일어나 질문공세를 퍼부었다.

소개팅.

예나 지금이나 혹시 하고 나가서 역시나 하고 돌아오는 그

잘못된 만남.

하지만, 채나가 주선한 연필신의 소개팅은 그런 만남이 아니었다.

무려 50억짜리 만남이었다.

"아아아— 시끄러워!"

채나가 정신없다는 듯 양쪽 귀를 틀어막고 소리를 빽 질렀다.

"몽땅 따라와! 가서 직접 확인하라고."

채나가 만만한 한미래의 머리통을 쥐어박았다.

"에해해해! 진짜 궁금해서 그래, 언니."

"오호호호! 필신이가 소개팅 나가는데 왜 내가 떨리지?"

"진짜? 나도 약간 설렌다, 언니!"

한미래와 금혜원 등이 너스레를 떨었고.

박지은이 뭔가 알고 있는 듯 잔잔한 미소를 머금었다.

"으이구, 웬수들! 가자, 방 부장!"

채나가 벌떡 일어나며 방그래에게 손짓을 했다.

"여기 대강 정리하고 즉시 쫓아가겠습니다."

"됐어. 밤새 먹을 거야. 그대로 놔두고 따라와!"

차차착!

채나가 마음이 급한지 사냥할 때 입었던 얼룩무늬 야상 차림 그대로 걸음을 옮겼다.

연필신 등 아홉 명의 아가씨가 종종걸음으로 쫓아갔다.

4장

청장고원

하늘과 땅이 새롭게 열렸다는 천지개벽(天地開闢).

뽕나무 밭이 바다가 됐다는 상전벽해(桑田碧海).

이 정도까지는 아니더라고 새로운 세상으로 바뀐 느낌이 든 다는 격세지감(隔世之感) 정도는 충분했다.

첫째, 사계절 슈퍼가 자리 잡고 있던 허름한 이 층짜리 건물 이 사라지고 '채나타운'이라는 세련된 간판이 붙은 화려한 디 자인의 오 층짜리 신축 건물 한 채가 우뚝 서 있었다.

둘째, 울퉁불퉁한 자갈들이 깔려 있던 비포장도로가 말끔한 아스팔트와 예쁜 보도블록으로 단장돼 있었다.

셋째, 지난여름 채나와 KBC 이영래 사장 등이 KBC의 흥망 성세(?)를 논한 소나무 언덕 위에 '파주 김채나 내추럴 뮤직

홀'이라는 거대한 입간판과 함께 야외음악당이 한 폭의 그림처럼 자리 잡고 있었다.

넷째, 강줄기를 가르며 빛살처럼 달리던 보트들뿐만 아니라 보트클럽 자체가 없어졌다.

마지막으로, 파주 읍내에서 마을버스가 연락부절하고 있다는 사실이었다.

버스 정류장 이름은 '채나랜드'였다.

하루에 적게는 수백 명, 많게는 천여 명씩 경기도 파주군으로 밀려드는 채나교도들 덕분이었다.

손님들이 밀려들자 경기도와 파주군이 힘을 합쳐 '채나원'의 건너편 사계절 슈퍼가 있던 땅을 아름다운 '채나랜드'로 만들었다.

채나는 그 무시무시한 인기와 이름을 제공했고 슈퍼 길 사장은 공사 감독관으로 지난가을 한철을 보냈다.

바아아아아앙!

요란한 굉음과 함께 망원경의 렌즈 속으로 모터보트를 조종하는 연필신의 모습이 잡혔다.

"끼야후─ 교주님의 절친인 껑다리 아줌마다!"

"드디어 교주님께서 왕림하셨다!"

"미쳐! 미쳐! 빅마마도 탔어! 한미래도 보여!"

"대박! 대박! 대박!"

지난여름에 보트 정박장이 있던 계단 위에서 수백 명의 남녀노소가 망원경을 든 채 강 건너편을 살펴보며 일제히 환호성을 질렀다.

채나교도들!

바로 채나를 만나보고자 찾아온 소위 성지순례(聖地巡禮)를 하는 채나 팬들이었다.

채나 팬들은 채나가 주로 거처하는 서울 '동대문 채나빌' 과 '광명 채나빌', 남해의 김 교장댁, 그리고 파주에 있는 이곳 '채나원' 을 성지라 불렀다.

부우우웅!

곧바로 저편에서 연필신이 조종하는 십 인승 모터보트가 미끈한 위용을 드러냈다.

따뜻한 날씨에 눈이 녹아서 그런지 한겨울임에도 불구하고 임진강 수고가 제법 높았다.

현재 하늘색만큼이나 청명했고.

"원주민?!"

"응!"

"깔깔깔! 후후후!"

"진짜 웃긴다."

"상수원보호지역이라서 이 강가에 있던 보트 클럽이 없어진 것은 충분히 이해가 돼."

"그치만, 너하고 길 사장님이 원주민이라서 이 강에서 물고기 잡을 권리와 보트를 운영할 권리를 줬다는 건 개그야."

"길 사장님이야 이곳에서 수십 년을 사셨으니까 원주민이 맞는데 김채나가 경기도 파주의 원주민?? 이쯤에서 다 함께 다시 한 번 웃자고!"

"호호호호! 까르르르!

자지러지는 듯한 아가씨들의 해맑은 웃음소리가 한겨울의 임진강 줄기를 갈랐다.

우우웅!

연필신이 조종하는 보트가 천천히 속력을 줄였다.

"안녕하십니까, 교주님!"

"채나 언니! 채나 누나!"

"꺄, 예뻐요, 채나 언니!"

번쩍! 번쩍!

계단 위에서 채나 팬들이 미친 듯이 서터를 눌러댔다.

"에구구구! 채나교도들이 아침보다 몇 배 늘었네."

"정말 채나 언니 인기 무섭다. 찾아오는 사람들이 기하급수적으로 불어나!"

연필신과 한미래 등이 부러움인지 걱정인지 모를 탄성을 흘렸다.

"모두 반가워! 손님들이 오셔서 좀 걸릴 거야!"

채나가 특유의 해맑은 미소를 지으며 보트 위에서 손을 흔들었다.

"괜찮습니다, 교주님! 걱정 마세요, 언니!"

"교주님! 음악당에서 기다릴게요."

"이따가 음악당에서 봬요, 채나 누나!"

채나 팬들이 계속해서 사진을 찍으며 소리를 질렀다.

채나는 사계절 슈퍼 자리가 '채나랜드'로 바뀌면서 어쩌다 '채나원'에 들릴 때면 성지순례 중인 팬들과 신축된 야외음악당에서 만났다.

찬찬히 사인을 해주고 기념사진도 같이 찍고!

연예인 탈을 쓴 정치인이었다.

툭툭툭!

예쁘게 포장된 선물들이 보트 위로 마구 쏟아졌다.

"그래! 잠시 후에 만나."

채나가 미소를 띤 채 선물들을 받아 들며 손을 흔들었다.

연필신이 조심스럽게 보트를 조종해 '채나타운'과 연결된 보트 정박장으로 들어갔다.

보트가 멈췄다.

'채나타운'을 신축할 때 건물 지하까지 보트가 들어와 정박할 수 있도록 설계를 했다.

채나 팬들이 엄청나게 몰려오는 통에 도저히 밖에서 내릴 수가 없었던 것이다.

"오셨습니까? 채나 씨."

"수고, 길 사장님!"

정장에 나비넥타이를 걸친 옛날 사계절 슈퍼 길 사장이 보트 정박장 앞에 서서 정중하게 인사를 했다.

채나도 같이 인사를 했고.

"헤헤! 자세히 보니까 확실히 길 사장님은 나비넥타이가 잘 어울리네."

"허허허! 고맙습니다."

사계절 슈퍼가 달라졌듯 길 사장도 많이 달라졌다.

빛바랜 새마을 모자를 쓰고 누런 남방을 걸친 채 붕어를 손질하던 그 사람이 아니었다.

보트 정박장이 있는 이 오 층짜리 '채나타운'은 길 사장이 운영하는 식당이었다.

민물매운탕을 주 메뉴로 했는데 채나 덕분에 전국적으로 유명한 식당이 됐다.

당연히 전국각처에서 손님들이 몰려들었고 길 사장은 진짜 사장 소리를 들을 만큼 많은 돈을 벌었다.

비례해서 채나에게 더욱 충성을 다했고.

"손님들은?"

"같이 올라가시지요. 귀빈실에 계십니다."

"아냐. 잠시 후에 피 회장 일행이 도착할 거야. 그때 오 층으로 안내해줘."

"예! 채나 씨."

"방 부장은 길 사장님과 같이 있다가 피 회장 모시고 올라오고!"

"알겠습니다, 회장님!"

즉시, 길 사장이 보트 정박장 벽에 붙어 있는 버튼을 눌렀다.

띵똥!

차임벨 소리와 함께 엘리베이터 문이 열렸다.

채나와 연필신, 박지은 등이 엘리베이터에 올라탔다.

세월과 돈은 확실히 무섭다.

지난봄에 채나가 짜장 붕어라고 인상을 쓰며 민물매운탕을 끓여먹던 허름한 사계절 슈퍼를 이렇게 현대식 건물로 바꿔 버렸다.

지하에 근사한 보트 정박장과 엘리베이터까지 설치된!

"3년에 30억이 좋을까? 아님 5년에 50억? 7년에 70억이 낳을까? 박 이사님!"

느닷없이 엘리베이터 탄 채나가 박지은을 보며 의미를 알 수 없는 질문을 던졌다.

생뚱맞게 박 이사님이라는 직위까지 부르며.

박지은을 제외한 사람들 입장에서 그렇게 느꼈다는 말이다.

"5년에 50억이 좋아. 5년 후면 최고의 리즈 시절이 올 거야. 그때 다시 시장에 나가면 100억이나 200억은 충분해."

당사자인 박지은은 채나의 질문을 정확히 이해했다.

채나가 공감한다는 듯 고개를 주억거렸다.

"3년에 30억, 5년에 50억, 7년에 70억. 세 가지 조건이 있어."

"······!"

이번에는 채나가 연필실을 바라보며 말했다.

"니가 벌어들이는 수입은 회사와 5 대 5. 선욱이는 정식 직원으로 채용하고 네 전담 매니저로 일하게 돼."

"무, 무슨 말이야?"

"개그우먼 연필신과 ㈜CHOI 기획과의 매니지먼트 계약조건이야. 이 엘리베이터가 오 층에서 멈출 때까지 결정해."

채나가 늠름하게 선언했다.

㈜CHOI 기획은 가왕 최영필이 소속된 연예기획사였다.

㈜P&P에 이어 우리나라 연예기획사 중에 넘버2였다.

최영필이 최대 주주였고 재정이 튼튼하기로 유명했다.

"그럼 소개팅을 시켜주겠다는 말이?!"

그렇게 눈치 빠른 연필신도 이제야 채나 의도를 알았다.

"응! 지금 오 층에서 돈 많고 잘생긴 남자 세 명이 너를 기다리고 있어."

"아호호호, 시키는 정말?"

채나가 진지한 표정으로 말을 받았고 연필신이 발을 동동 굴렀다.

그랬다.

채나는 절친인 연필신이 변변한 소속사도 없이 정신없이 뛰어다니며 일하는 게 늘 마음에 걸렸다.

해서 미국에 가기 전에 연필신의 소속사를 만들어 주고자 했다.

물론, 자신이 최대 주주로 있는 캔 프로에 스카우트할 수도 있었고 박지은이 이사로 있는 P&P에 밀어넣을 수도 있었다.

하지만 그렇게 하지 않았다.

이유는 단 하나!

연필신이 누구 눈치도 보지 않고 마음껏 일하게 하기 위해서였다.

캔 프로나 P&P에 소속되면 대한민국의 어떤 연예인도 채나나 박지은의 눈치를 볼 수밖에 없기 때문이다.

"푸후—"

또다시 한미래 매니저인 임연주의 입에서 한숨 소리가 새어 나왔다.

이번에는 임연주뿐만 아니었다.

채나와 박지은, 한미래를 제외한 모두가 자신들도 모르게 한숨을 내뱉었다.

소문으로만 들었던 톱클래스 연예인의 몸값을 처음으로 확인했기 때문이다.

장본인인 연필신은 한숨보다는 웃음이 삐져나왔다.

마침내 꿈이 이뤄졌다.

수학 선생님을 때려치우고 본격적으로 연예계로 들어설 때 꼭 이런 날이 오리라 확신했다.

하지만 그날이 이렇게 빨리 올 줄은 몰랐다.

가장 사랑하는 친구 채나가 에이전트, 거간꾼으로 들어설 줄은 상상도 못했고.

채나는 세상에서 가장 싫어하는 일이 오늘 같은 거간꾼 노릇이다.

양쪽 모두에게 아쉬운 소리를 해야 하기 때문이다.

그런데도 스스로 거간꾼을 자청했다.

연필신은 채나가 한국에서 사귄 단 한 명의 친구였다.

3년 30, 5년 50, 7년 70······.

어쨌든, 연필신의 예리한 머리는 계속해서 돌아가고 있었다.

"10초 남았어."

채나가 바둑시합에서 시간을 재는 계시원처럼 말했다.

"저, 정말 ㈜CHOI 기획에서 그 돈을 준대?!"

연필신이 여전히 믿기지 않는 듯 다시 한 번 확인했다.

"내가 이미 삐리 오빠하고 합의 봤어. 니가 오늘 계약서에 서명하고 내일 아침에 변호사 사무실에 가서 공증을 하면 바로 입금이 될 거다."

"쒸이! 갑자기 눈물이 나려고 해, 때지야!"

"눈물은 돈을 챙긴 후에 흘려도 늦지 않아."

"알았어… 너라면 어떤 조건을 택할 거야?"

"두 번째! 5년에 50억."

"이유는?"

"마마 언니가 말한 대로 5년 후면 연필신의 최전성기가 올 거야. 3년은 좀 빠르고 7년은 좀 늦어."

"그럼 그 두 번째로 가."

"축하해! 울 꺽다리 아줌마가 그렇게 군침을 삼키던 충북 영동 시외버스터미널 앞의 건물주가 됐네."

"고마워! 모두 때지 덕분이야······."

채나와 연필신이 살포시 손을 잡았다.

어느새 연필신의 눈에는 그렁그렁 눈물이 맺혀 있었다.

연필신이 연예계에 들어온 지 육 년 만에 대박을 터뜨렸다.

인생 뭐 있어.

딱 한 방이지. 그 한 방!

띵똥!

엘리베이터가 멈추며 문이 열렸다.

"하하하, 어서 오십시오. 김 회장님! 연필신 씨!"

"아이고! 박 이사님하고 한미래 씨도 오셨네."

고급 양복을 걸친 중년 사내 세 명이 반갑게 손을 내밀었다.

㈜CHOI 기획의 대표이사 최영노 사장과 임원들이었다.

이날,

연필신은 최영노 사장과 마주 앉은 지 딱 십 분 만에 50억짜
리 계약서에 도장을 찍었다.

이렇게 채나는 친구인 연필신에게 50억짜리 소개팅을 시켜
준 후 미국으로 떠났다.

일본과 중국을 경유해서!

*   *   *

부우우웅!

늘씬한 제트기 한 대가 힘차게 날아올랐다.

골치 아픈 일, 피곤한 일, 이제 몽땅 다나오스에 맡겨주십시오.

간단하게 답이 나오게 만들어 드리겠습니다.

—신용정보 회사 다나오스!

미국 메이저 음반 회사 EMA의 전용기.

EMA라는 이니셜이 선명하게 박혀 있는 미국 보잉사가 제작한 보잉 737 제트여객기를 개조해서 만든 비행기였다.

—어떻습니까? 김 회장님! 저희 회사 '다나오스'의 홍보문구인데 괜찮죠?

명상 중. 접근하면 발포함.

EMA 전용기 내 채나가 쉬고 있는 객실 문 앞에 이렇게 적힌 메모지가 붙어 있었다.

—먼저 늦게 보고드리는 점 사과드리겠습니다. 변명이 아니라 회장님께서 보내주신 자료가 너무 방대해서 조사를 하는데 상당한 시간이 걸렸습니다. 가방끈이 짧은 제가 내로라하는 각 분야의 전문가들을 비밀리에 모시려니 더욱 피곤했구요. 한 가지, 이번에 김 회장님께서 맡겨주신 일을 처리하면서 새삼스럽게 느꼈습니다. 세상은 역시 머니머니 해도 머니가 최고더군요. 아무리 고매한 학자도 교수도 관리들도 골프백에만 원짜리를 가득 채워 자동차 트렁크에 조용히 실어주면 오십 년쯤 사귄 친구가 됐으니까요.

채나가 라일락 향기가 은은히 풍기는 눈이 번쩍 뜨일 만큼 화려하게 꾸며진 실내의 의자에 앉아 천천히 헤드폰을 썼다.

─아참, 지금 듣고 계신 이 녹음테이프는 김 회장님께서 들으시는 것과 동시에 지워집니다. 제가 이토록 보안에 신경을 쓰는 것은 제 개인적인 신상 문제 때문이기도 하지만 김 회장님 때문이기도 합니다. 이제 김 회장님은 자의든 타의든 차기 대한민국의 강력한 대권후보자의 오른팔이 되셨습니다. 단순한 사격 선수나 연예인이 아니라 고위 정치가라는 뜻이죠.

고위 정치가라구?

다나오스의 문 사장까지 그렇게 생각한다면 정치가가 맞겠지. 노래하는 정치가? 연기하는 정치가? 총 쏘는 정치가가 맞겠네.

─당연히 회장님의 동선은 24시간 체크되고 있습니다. 회장님의 일거수일투족은 한국이나 미국, 러시아, 영국, 프랑스, 일본, 중국 등 어느 나라의 기관에서든지 분명히 감시를 하고 있을 것입니다. 말씀드린 모든 국가에서 감시할 확률이 높구요. 지금 당장 '세계에서 가장 영향력이 있는 인물이 누굴까' 라는 주제로 여론조사를 실시한다면 단연 김 회장님이 뽑히실 겁니다. 회장님 배후에는 천문학적인 숫자의 팬덤이 버티고 있으니까요. 이제 회장님의 보보가 많은 국가의 이익에 막대한 영향을 끼치고 있습니다. 열강들이 촉각을 곤두세울 수밖에 없는 이유입니다.

훗!

채나가 잇새로 웃음을 날렸다.

—프롤로그가 너무 길었습니다. 일단 '김철수 박사님의 유품과 김영수 변호사님의 유품'을 조사한 결과와 그동안 여러 매스컴에서 보도한 개요들. 그리고 머니를 아주 좋아하시는 여러 전문가의 의견을 취합해 〈재미과학자 김철수 박사 일가 피살사건〉의 스토리를 재구성해 봤습니다. 물론 이것은 제 주관적인 의견일 뿐 절대적인 것이 아니라는 점, 분명히 밝혀 드립니다.

확실히 문 사장은 피 회장 말대로 말이 많아.

여우처럼 빠져나갈 구멍까지 교묘하게 파 놓고…….

—어느 날, 저명한 화학자이신 김철수 박사는 연구실에서 새로운 생화학 물질을 발견했습니다. 이 물질은 무색무취의 맹독성으로 물과 친화력이 아주 뛰어났습니다. 어떤 우물이나 강에 풀면 그 물을 마신 모든 생물체는 사흘을 넘기지 못하고 사망합니다. 강력한 생화학 무기로 사용하면 더없이 안성맞춤인 물질이었죠.

…생화학 무기!?

—김철수 박사께서는 이 놀라운 생화학 물질을 학계나 정부 기관에 보고하기 이전에 미국 연구소에서 같이 근무했던 절친인 브라운 박사에게 먼저 알렸습니다. 유감스럽게도 그 브라운 박사는 미국중앙정보국 CIA의 끄나풀이었죠. CIA에서는 김철수 박사님을 MIT 유학시절부터 주목하고 있었습니다. 김철수 박사님의 천재적인 두뇌를 익히 알고 있었기에 박사님이 무엇을 연구하는지 알고 싶어 했죠. CIA에서 강아지 한 마리

를 살짝 풀어놨죠. 주인 말을 아주 잘 듣는 강아지였습니다.

그렇군! 역시 짱 할아버지가 조사한 것처럼 CIA 미국중앙정보국이 개입했어.

―회장님께서 건네주신 김철수 박사님의 유품을 샅샅이 조사했는데 사건의 단서가 될 만한 것은 아무것도 없었습니다. 아홉 번 조사했을 때까지는 말입니다. 게다가 박사님의 유품 90%가 화학에 관한 서적이었습니다. 그것도 영어로 쓰여진 원서! 이쯤에서 제가 얼마나 개고생을 했는지 짐작이 되시죠?

누가 진짜 돈을 밝히는 사람인지 모르겠어.

보너스 요구를 아주 교묘하게 하네!

―세 번째 책을 살펴봤을 때 아주 우연히 메모 하나를 발견했습니다.

〈아가사 크리스티가 지은 오리엔트 특급열차 살인 사건이라는 추리소설이 생각난다.〉

이 메모는 육안으로 식별하기 어려울 정도의 희미한 형광펜으로 쓰여 있었습니다.

CIA에서는 분명히 이 메모를 발견하지 못했을 것입니다.

저처럼 이 잡듯 책을 뒤지지 않았다면 아무도 찾을 수 없는 숨은 글씨였으니까요.

참고로, CIA요원들은 저만큼 부지런하지도 않고 어떤 책을 열 번씩이나 읽을 만큼 독서광도 아닙니다.

갑자기, 채나의 얼굴이 붉게 달아오르며 헤드폰을 벗어젖혔다.

다나오스의 문 사장이 발견한 단서가 어떤 것인지 감을 잡았기 때문이었다.

아가사 크리스티는 추리소설의 여왕으로 불리는 영국의 유명한 작가다.

오리엔트 특급 살인사건의 범인은 같은 칸에 타고 있던 11명 모두였다.

차장까지 포함해 범인이 12명이나 되는 아주 색감이 뛰어난 작품이었다.

*   *   *

─전국투어 콘서트가 성공리에 끝나면 채나 언니가 미국에 갈 때 함께 가게 해주세요.

─언니를 쫓아다니면서 음악에 관해 많은 것을 배우고 싶어요.

지난여름, 전국투어를 시작할 때 한미래가 큰형부인 ㈜하나엔터 이기수 사장에게 걸었던 옵션이었다.

결과는 한미래 콘서트 티켓이 100% 매진됐고 암표 소동까지 벌어지면서 연예뉴스의 헤드라인을 장식할 정도였다.

㈜하나 엔터에 삼 층짜리 예쁜 건물을 안겨줬다.

만약, 당신이 세계 톱 연예인과 여행을 함께한다면 어떤 것들을 기대할까?

자가용 제트기, 초호화 요트, 칠성급 호텔, VVIP, 멋진 리무진, 화려한 파티 등등.

아마 이런 것들을 은근히 기대할 것이다.

한미래의 매니저인 임연주도 채나와 함께 미국 여행을 떠난다고 할 때 비슷한 기대를 했다.

그 바람은 보기 좋게 들어맞았다.

인천국제공항 개항 이래 가장 많은 인파가 몰려들어 태극까지 흔들며 전송을 해줬다.

마치 해외파병을 가는 국군장병을 환송하듯!

얼마나 열렬히 전송을 하는지 자신과는 전혀 상관없는 일임에도 불구하고 임연주의 눈에 눈물이 핑 돌 정도였다.

경찰특공대의 삼엄한 경호 아래 미국 메이저 음반 회사인 EMA사에서 보내준 보잉 737 자가용 제트기에 탑승했을 때는 표정관리를 어떻게 해야 좋을지 몰랐다.

이 자가용 제트기에 비하면 언젠가 타봤던 제주도까지 가는 K비행사의 국내선 여객기는 딱 미어터지는 전철이었다.

샤워실과 침실까지 갖춘 날아다니는 호텔에 탄 기분이라니…….

일본 도쿄 하네다 공항에 도착했을 때, 채나를 환영하는 일본 팬들의 인사는 한국 팬들보다 더하면 더했지 덜하지 않았다.

관계자들이 공항이 무너질까 봐 겁을 낼 정도였다.

채나가 도쿄의 제국호텔에서 VIP와 오찬을 할 때 바로 옆 뷔페식당에서 한미래와 점심을 먹던 임연주는 자신의 볼을 살짝 꼬집어 봤다.

호텔 측의 예우가 국빈에 버금갔기 때문이다.

도쿄를 떠나 중국 북경에 도착해서 먹은 그 유명한 북경 오리 요리는 정말 일품이었다.

북경에서 화려한 만찬을 끝낸 후 중국에서도 변방 중에 변방이라는 청해성의 성도 서녕시로 날아와 특일급 호텔인 청룡호텔에 여장을 풀었다.

곧 바로, 한미래와 함께 청룡호텔 사우나로 가서 전신 마사지까지 받은 후 여독을 깨끗하게 날려 버렸고.

한국에서 공수해 온 컵라면으로 마무리를 한 뒤 꿈나라로 향했다.

여기까지!

딱 여기까지가 임연주가 기대했던 그 멋진 여행이었다.

다음 날 새벽부터 전혀 상상도 못했던 참담한 여행이 시작됐다.

*   *   *

빰-빰-빰… 빰-빰-빰…….

따사로운 아침햇살이 밀려올 때 저 멀리서 음악 소리가 들려왔다.

하얀 눈 위에 당신의 발자국은 내 가슴속의 슬픔
당신의 숨결이 멈춰진 저 바람 소리는 내 영혼의 흔적
피보다 진한 눈물과 눈물보다 맑은 피는 우리 사랑의 순
간……

임연주의 귀에 아주 익숙한 목소리였다.
채나가 부른 〈블랙엔젤〉의 OST곡인 〈끝없는 사랑〉의 중국
어 버전이었다.
"진짜 채나 언니 짱짱걸이다. 어떻게 중국의 변두리인 이 청
해성 호텔에서까지 언니 노래가 흘러나오지?"
빰·빰·빰……

그때 그날들 이제 다시 오지 않네
멀리 떠나간 아주 멀리 떠나간 내 사랑… 내 사랑……

임연주가 채나 노래를 들으며 평소처럼 가볍게 몸을 일으켰
다.
"……?!"
갑자기 머리가 핑 돌며 몸이 주인 말을 듣지 않았다.
"어, 어지러워! 아우— 머리야!"
속이 메슥거리며 누군가 머리를 쇠망치로 쾅쾅 때리는 것

같았다.

"연주 언니… 나 아픈가 봐?"

동시에 바로 옆의 침대에서 한미래의 목소리가 들려왔다.

다 죽어가는 음성이었다.

"마, 많이 아파? 미래야!"

임연주가 한미래가 아프다고 하자 매니저로서의 책임감 때문에 혼신의 힘을 다해 몸을 일으켰다. 하지만 다시 쓰러졌고!

덜컹!

바로 그때 침실 문이 열리며 채나와 함께 중년여성 한 사람이 들어왔다.

"지금이 몇 신데 아직도 자는 거야? 이 게으름뱅이 시키들아!"

채나가 빽 소리를 질렀다.

채나 목소리는 임연주나 한미래 와는 정반대로 아주 맑고 쌩쌩했다.

당장 42.195㎞를 세계신기록으로 완주할 듯 컨디션이 좋아 보였다.

"때, 때지 언니야! 나 죽을 건 가봐. 천정이 빙빙 돌아. 머리가 깨질 듯 아프고!"

"나도 그래요… 채나 언니!"

"……!"

한미래와 임연주가 침대에 누운 채 신음을 토하자 채나가 움찔했다.

"흐음! 많이 아픈가 보군. 어디 좀 볼까?"

반백의 긴 머리를 질끈 동여맨 채 얼룩무늬 군복을 걸친 오십대 후반의 여성이 한미래가 누워 있는 침대로 다가왔다.

채나의 대사형인 요요림 상장과 같이 중국에서 살고 있는 선문의 98대 외전제자 중 한 명인 무진장 여사였다.

채나의 사저였다.

무진장 여사에게는 채나가 사매였고.

무진장이란 이름은 한글로 풀면 약간 코믹했지만 한문으로 풀면 진짜 무장이라는 묵직한 뜻이었다.

무 여사가 사매인 채나를 얼마나 예뻐하는지 채나가 중국에 온다는 소식을 듣고 북경까지 마중을 나가 이곳까지 함께 왔다.

"고산병(高山病)이다."

무 여사가 한미래와 임연주를 살펴본 후 짧게 말했다.

"쳇, 웃기네, 이것들! 고작 2,000미터 올라와서 무슨 고산병이야?"

채나가 같잖다는 듯 코웃음을 쳤다.

"고, 고삼병? 나 고3 아닌데?"

"에헤헤헤! 이 바보가 고3병이래?"

"크크크!"

채나와 무 여사가 마주보며 낄낄댔다.

한미래는 너무 머리가 아파 채나의 말을 잘못 알아들었다.

고3병이 아니라 고산병이었다.

간혹, 어떤 소설에 보면 주인공이 만년설이 쌓인 높은 산에 올라가 산 아래를 내려다보며 호연지기가 어떠니 가슴이 뻥 뚫리느니 하면서 소리를 지른다.

진짜 뻥이다.

가슴이 뻥 뚫리는 게 아니라 가슴이 턱턱 막힌다.

만년설이 쌓일 정도의 고산지대에 올라가면 지구 중심에서 멀어지기 때문에 중력이 약해지고 공기가 희박해진다.

즉, 고산지대에 올라가면 일정량의 공기를 사용하던 몸이 갑자기 부족해진 공기에 적응을 못해 이상 반응을 일으킨다.

전신에 힘이 없어지고 머리가 깨질 듯 아프며 구토가 나오고 현기증이 나타난다.

환청이 들리기도 하고 코피가 터지며 심하면 죽는다.

몇 가지 약이 있지만 그리 신통치 않다.

산소를 폭풍흡입해도 그때뿐이고 그저 물을 많이 마시며 깡으로 버티면서 차차 적응하는 수밖에 없다.

가장 좋은 약은 재빨리 저지대로 내려오는 것!

청해성의 성도인 이 서녕은 해발 2,200미터의 고지대에 위치한 도시였다.

임연주와 한미래는 태어나서 한 번도 이런 고지대에 올라온 적이 없었다.

당연히 고산병 증세가 나타날 수밖에 없다.

"이 약을 먹고 푹 쉬 거라."

무 여사가 이미 예상을 한 듯 임연주에게 약봉지를 건네줬다.

"고, 고맙습니다, 무 여사님!"

"여사가 아니라 언니라니까!"

"네네… 언니!"

무 여사가 정색하며 호칭을 정정해 줬다.

여사는 결혼한 여자를 높여서 부르는 말이다.

무 여사는 지금까지 결혼식장 문 앞에도 가보지 못한 아가씨였다.

아니, 노처녀(老處女)였다.

"악어 언니하고 가축시장에 갔다 올 테니까 쉬고 있어. 하루쯤 푹 쉬면서 가볍게 움직이면 금방 괜찮아져!"

"으응… 갔다 와. 때지 언니……."

한미래가 힘없이 대답했고 채나가 손을 흔들며 무 여사와 함께 방을 나섰다.

"피휴―"

임연주가 무 여사의 뒷모습을 쳐다보며 길게 한숨을 내쉬었다.

"난… 방맹이도 적응이 안 되지만… 무 여사님, 아니, 무 언니는 정말 적응 안 돼."

"나, 나도 그래. 무 언니를 볼 때마다 움찔움찔 겁이 나……."

한미래가 맞장구를 쳤다.

임연주와 한미래가 보는 것만으로도 겁을 먹을 만큼 험상궂은 외모의 소유자.

그 무진장 여사를 채나는 악어 언니라고 불렀다.

악어라는 별명이 너무 잘 어울렸다.

악어 입만큼이나 툭 튀어나온 입, 거친 피부, 살벌하게 쭉 찢어진 눈, 삐죽삐죽 불거진 반백의 머리, 거기에 거대한 덩치까지!

누가 봐도 인간이 아니라 파충류처럼 보였다.

방그래와 사촌 간이 틀림없었다.

외모야 어쨌든 무 여사는 이 청해성 일대에서 꽤나 유명한 인사였다.

소수민족인 장족 출신으로 일찍이 장교로서 군문에 몸을 담았고 한때 투포환, 포환던지기 선수생활도 했다.

현재, 중국 공산당 중앙위원이요, 우리나라의 국회격인 전국인민대표대회 상무위원 중 한 명으로 중국 공산당의 고위층이었다.

"무 언니도 무 언니지만 때지 언니가 더 신기해… 우린 이렇게 시체가 돼서 꼼짝 못하는데 언니는 한국에 있을 때보다 더 팔팔하잖아……."

"고향인 은하계가… 가까워져서 그래."

"힘은 없지만… 그래도 재미있으니까 웃어줄게… 해해해……."

"일단 약부터 먹고… 시체놀이 하자… 미래야."

"으응……."

임연주가 몸을 비틀거리며 한미래에게 약을 먹여줬다.

임연주와 한미래는 연이어 계속된 화려한 스케줄과 뜬금없는 고산병이 닥치면서 제정신이 아니었다.

채나가 왜 북경에서 미국으로 직접 가지 않고 생뚱맞게 이 피곤한 도시 서녕으로 왔는지 눈치채지 못했다.

채나는 음반을 녹음하기 전 몸과 목을 완벽하게 만들고자 이곳에 왔다.

미국의 애리조나 주에 있는 붉은 바위지대 세도나와 함께 지구상에서 가장 강력한 에너지(Energy:氣)를 갖고 있다는 땅.

평균 해발 4,500미터로 세계의 지붕이라는 청장고원(青藏高原)에 자리 잡은 청해호(青海湖) 부근에 있는 백마하(白馬河)라는 마을로 가는 길이었다.

무 여사의 고향으로 오래전에 짱 할아버지와 함께 몇 번 방문했던 마을이었다.

생전에 짱 할아버지는 이 마을을 자주 찾아가라고 여러 번 당부했다.

특히 몸이 허해진 듯싶으며 무조건 찾아가라고 했다.

사방 어디를 둘러봐도 나무 한 그루 없었다.

어디가 시작이고 어디가 끝인지 모를 대초원. 아니, 지금은 광야라고 표현하는 것이 맞았다.

한겨울답지 않게 따갑게 내리쬐는 햇볕에 누렇게 말라 버린 풀들이 은빛 물결을 이루고 있었기 때문이다.

청장고원!

그 고원을 가로지르는 길.

마치 하늘로 가는 길 같았다.

도대체 몇 마리나 될까?

한눈에 봐도 천 마리 이상은 족히 될 것 같았다.

고산지대에서만 산다는 소의 사촌인 야크와 통통한 양 떼가 강렬한 자외선이 내리쬐는 드넓은 도로를 꽉 메운 채 느릿느릿 걸어갔다.

"에헤헤헤헤헤헤! 진짜?"

"그렇다니까!"

행렬의 선두에는 선글라스를 쓰고 모피 코트를 걸친 채나가 황소만 한 야크 등에 올라탄 채, 짐을 잔뜩 실은 야크의 목줄을 잡고 걸어가는 무 여사와 수다를 떨었다.

스노우는 채나 품에 안겨 꼬박꼬박 졸고 있었고.

세상 바쁠 것이 없는 아주 여유작작한 모습이었다.

무엇이 그리 즐거운지 채나의 웃음소리가 연신 자지러졌다.

둥둥둥!

또, 행렬의 후미에는 빵빵한 덕다운 점퍼에 헬멧과 고글을 쓴 방그래가 땅 위를 날아가는 로켓 채나2호를 타고 야크 떼를 몰아가듯 천천히 움직였다.

원래 채나2호의 주인이 방맹이였나?

역시 바퀴 달린 기계는 덩어리가 좀 큰 사람이 몰아야 자세가 나와.

덤프트럭만큼이나 육중한 저 채나2호도 방맹이가 타니까

완전 죽이잖아.

흡사 미국 서부의 광야를 질주하는 갱스터 보스처럼 보여!

방그래 뒤에서 채나1호 영국제 초대형 SUV 승용차인 렌지로버를 운전하며 쫓아오는 임연주는 이렇게 생각했다.

스스로 밝혔듯 임연주가 세상에서 제일 잘하는 일은 컵 라면에 뜨거운 물 붓기였다.

두 번째는 땅에서 움직이는 바퀴 달린 기계들을 모는 것이었다.

세 발 자전거부터 대형 트럭까지.

방그래가 한식, 양식 등 조리사 자격증 덕에 채나 매니저가 됐다면, 임연주는 운전면허 덕에 한미래의 매니저가 됐다.

"얘들아! 제발 빨리 좀 가. 너희가 너무 느리게 가니까 다시 고산병이 도질 것 같아."

임연주가 저 앞에서 넓은 도로를 꽉 메운 채 이동하는 야크와 양 떼를 바라보며 투덜댔다.

"아함… 지루해. 벌써 서너 시간은 온 것 같은데 똑같은 풍경만 계속되네. 사람도 차도 아무것도 안 다니고."

조수석에 앉아 졸고 있던 한미래가 눈을 비볐고.

"답답해, 언니! 선루프 좀 열어."

얼굴을 찌푸리며 입을 열었다.

두 사람은 채나 말대로 약을 먹고 하루 종일 시체놀이를 한 덕택에 조금씩 두통이 사라지면서 몸이 회복됐다.

임연주나 한미래처럼 새파랗게 젊을 때는 고산병쯤은 병도 아니다.

"이거! 해님 모양이 그려진 이 스위치야."

임연주가 선루프를 여는 스위치를 찾지 못하고 버벅대자 한미래가 눈을 흘기며 천정에 붙어 있는 버튼을 눌렀다.

"얘는 영국에서 건너온 외국 애잖아? 나랑 오늘 처음 만났고."

국산차를 주로 운전했던 임연주가 애써 변명을 할 때.

선루푸가 열리며 햇빛이 쏟아져 들어왔다.

"앗, 따가!"

한미래가 눈을 가리며 소리를 질렀다.

"아후후후! 무슨 햇볕이 이렇게 따갑지? 지금이 여름인가? 겨울이잖아??"

"글쎄 말이야? 고지대라서 그런지 자외선이 지독하네……."

"진짜 적응할 게 너무 많아. 햇빛에 바람에 기온에……."

고지대로 올라갈수록 공기가 희박해진다. 그만큼 햇빛을 걸러주는 장막이 옅어진다.

당연히 햇볕은 따가워지고.

지금 채나가 가고 있는 청장고원에서 사흘쯤 햇빛에 맨살을 노출시키면 달콤한 초콜릿으로 변한다.

정말 한미래와 임연주는 적응할 게 너무 많았다.

밤과 새벽에는 영하 20도 가까이 떨어지고 한낮에는 영상으로 올라가는 엄청난 기온의 차이. 지금처럼 바늘로 찌르는 듯

한 따가운 햇볕, 숨쉬기조차 버거운 희박한 공기 등등.

한데 두 사람은 진짜 적응하기 힘든 일이 다가오고 있음을 몰랐다.

배설과 목욕.

이 두 가지 문제가 얼마나 사람을 괴롭히는지 중국이나 티베트의 오지를 여행해 본 사람들은 잘 안다.

화장실은 중국에서 가장 낙후된 문화다.

지금은 아시안게임이다 올림픽이다 해서 국제적인 행사를 많이 치른 덕분에 북경이나 상해 등 대도시 화장실들은 금장실로 변했을 만큼 발전했다고 한다.

하지만, 중국 시골에 가면 여전히 문 없는 화장실이 늠름하게 존재한다.

현재 채나가 가는 곳은 중국의 오지 중에서도 오지다.

그렇다면?

이제 임연주나 한미래는 이웃사람과 같이 쭈그려 앉아 볼일을 보면서 우크라이나 사태에 대해 진지하게 토론을 하는 수밖에 없다.

물론, 채나도 예외는 아니다.

"그, 그, 근데 연주 언니! 우리가 지금 여기서 뭘 하는 거지?!"

갑자기 한미래가 뭔가 생각난 듯 반쯤 졸고 있던 눈을 번쩍 떴다.

"왜, 왜 우리가 야크와 양과 함께 이 고원지대를 가고 있냐구? 우린 채나 언니랑 미국 가는 거 아니었어?"

"진짜?!"

한미래와 임연주가 이제야 정신을 차렸다.

고산병이 다 나았다는 증거였다.

어제까지만 해도 고산병에 시달려 자신들이 어디서 뭘 하고 있는지조차 구분하지 못했다.

"때지 언니— 우리 지금 어디로 가는 거야?"

한미래가 열어놓은 선루프 사이로 발딱 일어서며 소리를 질렀다.

"악어 언니 고향! 백마하(白馬河)로 가!"

저 멀리서 채나가 씩씩하게 대답했다.

"뭔 말이야? 악어의 고향은 아프리카 아니었어?"

"이히히히!"

"얼마나 가면 돼?"

다시 한미래가 힘껏 외쳤다.

"다 왔어. 저기 보이는 저 산만 넘어가면 돼!"

"케엑!"

이어지는 채나의 대답에 한미래가 비명을 지르며 주저앉았다.

채나가 말한 저 앞에 보이는 저 산.

만년설을 이고 있는 산이었다.

높이는 가늠할 수조차 없는 산이었고.

한미래는 이제 제정신을 찾았기에 지금 가고 있는 길이 얼마나 먼 길인지 눈치챘다.

두두두두!

바로 그때, 무엇인가에 놀란 듯 야크와 양 떼가 황급히 길가로 비켜섰다.

사람 혹은 자동차가 나타났다는 행동이었다.

길 저편에서 얼굴이 시커멓게 탄 청년 세 명이 누더기를 걸친 채 나무장갑을 끼고 천천히 다가오고 있었다.

"옴마니 사바 옴……."

세 청년이 어떤 주문을 외우며 길바닥에 온몸을 붙여 큰 절을 한 후 일어났다.

다시 그 동작을 반복하면서 걸어왔다.

"저, 저 사람들 뭐하는 거야, 언니?"

"오체투지 같은데… 티베트 불교신자들이 행한다는 그 의식 말야."

정말 오랜만에 지잡대 출신이 그럴듯한 말을 했다.

그랬다.

중국의 변방인 청해성이나 감숙성 등을 여행하다 보며 흔히 볼 수 있는 광경이다.

지금 채나 일행이 가고 있는 이곳은 중국에 합병되기 전만 해도 티베트 왕국 땅이었다.

오체투지를 하면서 신들의 마을이라는 서장 자치구의 수도인 라싸를 방문하는 것이 티베트 불교신자들이 영원한 꿈이자 의무였다.

그럼 오체투지(五體投地)란 뭘까?

우리나라에서도 가끔 어떤 정치인들이나 불교인들이 일보 삼배니 하면서 속 보이는 쇼를 한다. 그것과는 많이 다른 의식이다.

오체란 몸의 다섯 부분, 즉 이마, 왼쪽 팔꿈치, 오른쪽 팔꿈치, 왼쪽 무릎, 오른쪽 무릎을 말한다.

그 다섯 부분을 땅에 닿게 하는 인사법으로 한없이 자신을 낮춤으로서 상대방에게 최대의 존경을 표하는 예법이다.

자신의 몸과 마음에 있는 교만을 떨쳐 버리고 자신의 가장 귀한 몸을 지저분한 땅에 닿게 함으로써 몸과 땅을 하나로 만들게 하는 인사법.

특히, 배불뚝이는 오체투지를 행하기가 생각보다 훨씬 힘들다.

이곳에서 라싸까지는 무려 2,000㎞가 넘게 떨어져 있었다.

그 길을 이 청년들은 부처님께 오체투지로 예를 표하면서 걸어가는 것이다.

약 일 년쯤 걸려서!

신앙은 공포와 같다.

"후우… 뭔가 확 와 닿네. 언니, 차 좀 세워."

한미래의 가슴이 먹먹해졌다.

도망치듯 한국을 떠나 호주 전역을 떠돌면서 여행을 했던 생각이 났다.

한미래가 재빨리 차에서 내려 한 청년에게 털모자를 씌워

줬다.

그리고 한 청년에게는 목도리를.

또 한 청년에게는 장갑을 선물했다.

청년들과 합장 배례를 나누고 다시 차로 올라왔다.

"미, 미래야! 뒤를 봐봐."

그 순간 임연주가 놀란 표정으로 백미러를 쳐다보며 말했다.

청년들이 걸음을 멈추고 미소를 띤 채 작은 종잇조각들을 날리고 있었다.

"뭐지… 저건?"

"언젠가 TV 다큐프로에서 봤어. 풍마야! 일종에 부적인데 미래, 네게 행운을 기원하는 거야."

지잡대 출신이 오늘따라 유난히 똑똑했다.

풍마(風馬)는 우리가 흔히 말하는 부적이다.

사방 약 5㎝ 정도 되는 종이에 가운데는 날개 달린 말을, 사방에는 용, 봉황, 호랑이, 사자가 그려져 있다.

주로 흰색이지만 청, 황, 홍, 녹색 종이를 사용하기도 한다.

행운과 평안을 비는 역할을 한다.

멀리, 높이 날수록 효험이 있다.

"해해해! 기쁘다."

한미래가 귀엽게 웃으며 몸을 다시 일으켰고,

"부디 몸조심하세요! 항상 부처님의 자비가 함께하길 기도할 게요."

선루프 사이에 서서 외쳤다.

청년들이 손을 흔들며 멀어져 갔다.

청장고원의 길 한복판에서 맺어진 인연.

가수 한미래에게 깊은 음악성을 선사했다.

…….

새벽 다섯 시에 야크와 양 떼를 몰고 출발했던 길.

자동차로 4시간쯤 걸리는 곳에 백마하라는 마을이 있다고
했다.

그럼 야크나 양들의 걸음으로는 얼마나 걸릴까?

거의 17시간쯤 왔다

이가 딱딱 마주칠 만큼 매서운 추위가 찾아왔을 때 여정이
끝났다.

청년들이 날려준 행운을 기원하는 풍마 덕분인지 아무 사고
없이 양 한 마리 잃어버리지 않고 목적지에 도착했다.

백마하라는 무 여사의 고향 마을은 제법 높은 산이 바람을
막아줘 꽤나 아늑했다.

마을이 들어설 만했다.

컹컹컹컹!

채나 일행이 마을 어귀에 들어서자 채나의 애완견인 킹과
퀸처럼 생긴 개들이 쫓아 나오며 사납게 짖어댔다.

"때지 언니! 애들 킹과 퀸의 친척들 아냐?"

"정말 비슷하네."

한미래와 임연주가 갈기가 긴 사자개들을 쳐다보며 말했다.

"믹스 견!"

채나가 간단히 대답했다.

잡종이라고.

시끄럽게 짖어대는 개들이 티벳탄 마스티프라는 견종의 잡종이 분명하듯 이곳이 킹과 퀸의 고향임은 분명했다.

그 옛날 티베트 땅으로 지금도 티베트 민족이 많이 살고 있었으니까!

"……!"

한순간, 한미래와 임연주의 눈이 커졌다.

청해호 한쪽 모퉁이 해발 3,500미터쯤에 자리 잡은 오지 마을.

목축을 하는 유목민들이 모여 사는 마을이라고 해서 나무 몇 조각과 돌 몇 개로 지은 허름한 집을 상상했다.

그런데 아니었다.

붉은색 돌기와까지 얹어진 제대로 지은 집들이었다.

결정적으로 지붕 위에 태양 열판이 떡하니 자리 잡고 있었고!

문명세계의 결정판인 전기를 사용한다는 뜻이다.

뭐 그래 봤자 딱 아홉 채밖에 안 됐지만…….

그때, 임연주가 한미래에게 살짝 눈짓을 했다.

한미래가 채나에게 화장실이 어디 있는지 물어봤다.

두 사람은 아까부터 배가 살살 아파왔다.

음식이 바뀌고 물을 갈아 먹었기에 찾아오는 당연한 생리현상이었다.

　고산병에서 겨우 벗어난 한미래와 임연주에게 이번엔 설사라는 고약한 놈이 대기하고 있었다.

　"으아아아악!"

　갑자기 마을 공동 화장실이 있는 저쪽에서 요란한 비명이 터졌다.

　한미래와 임연주가 지른 비명이었다.

　두 사람이 칸막이조차 하나 없는 중국 토종 원조 오리지널 재래식 화장실에서 이빨을 뿌득뿌득 갈며 볼일을 볼 때.

　마을 원주민 한 사람이 화장실 앞에 서서 정중하게 인사를 했기 때문이다.

　아주 반갑다고!

　한국이란 나라에서 이렇게 먼 곳까지 방문해 줘서 정말 고맙다고!

　그 남자는 유난히 길게 인사를 했다.

　한미래와 임연주의 엉덩이를 자세히 살펴보며.

　철퍽!

　그리고 태연하게 한미래 옆에 앉으며 볼일을 보기 시작했다.

　"까야야약!"

　다시 비명이 터졌다.

　이번에는 한미래 혼자만 질렀다.

임연주는 하도 놀래서 비명조차 지르지 못했다.

임연주와 한미래가 중국에 도착한 지 이틀 만에 겪은 역사적인(?) 사건이었다.

한 폭의 수채화였다.

어느 컴퓨터의 배경 화면으로 나오는 풍경 같았다.

끝이 없는 은회색 초원 위에서 천여 마리가 넘는 야크, 말, 양 등 가축이 한가롭게 풀을 뜯었다.

참고로, 이 청해호 주변의 초원에서 생산되는 가축들은 중국 전역에서 명품으로 유명했다.

해발 3,000미터 이상의 완벽한 무공해 청정지역에서 자라는 풀을 먹고 자라기 때문이다.

사료를 먹여 키우는 가축들과는 고기 질 자체가 틀렸다.

"아아아아아아!"

두두두두두두!

소총을 어깨에 메고 말을 탄 목동이 소리를 지르며 초원 위를 달려갔다.

채나였다.

신기하게도 채나는 한미래나 임연주처럼 무 여사 집에서 묵지 않았다.

저편 초원 위에 흙벽돌로 지어진 허름한 별채에서 지냈다.

이렇게 새벽에는 말을 훈련시키고 낮에는 야크와 양들을 돌보면서.

하루 종일 먹고 노래를 불렀다.

이 광활한 땅 청장고원의 에너지를 흡수하는 채나 나름의 기술이었다.

물론, 짱 할아버지에게 배운 기술이었다.

또 이 초원에는 늑대가 많았다.

먹이가 부족한 이런 겨울에는 늑대들이 민가까지 침입해 가축들을 물어갔다.

채나는 대한민국 경기도 파주 일대에서 먹어주는 멧돼지 사냥꾼이었다.

채나가 지금 소총을 메고 있는 이유였다.

"…때지 언니한테 이 말을 해야 돼 말아야 돼?"

얼굴이 흙빛이 된 한미래가 말을 타고 빠르게 초원을 달려왔다.

한미래의 지금 기분은 이 초원 위에 펼쳐진 그림하고는 반대였다.

온몸에 벌레가 기어 다녔다.

결벽증이 있을 만큼 깔끔한 성격인 한미래가 백마하에 도착한 후 변변한 세수조차 못했기 때문이다.

결정적으로 목욕탕이 없었다.

목욕을 하고 싶으면 마을에서 50리쯤 떨어진 냇가에 가서 물을 길어와 난로에 데워 하는 수밖에 없었다.

물을 길어 왔다고 해도 문제였다.

땔감이 없었다.

땔감이라고 해봤자 아주아주 아껴 쓰는 야크 똥, 배설물뿐이었다.

50리쯤 걸어가서 물을 길어와 야크 똥으로 물을 데워 목욕을 해?

참자!

이렇게 샤워 한 번 하지 못하고 공동화장실을 가기에는 너무 겁이 나서 이틀 동안이나 볼일을 억지로 참았다.

기다렸다는 듯 변비가 찾아왔다.

고산병 설사에 이어지는 고통이었다.

"으그그그! 뭐가 낭만이고 그림이야! 지옥이지! 똥도 못 누고 제대로 씻지도 못하는데?"

다가닥! 다가닥!

한미래가 연신 투덜대며 말을 탄 채 채나 쪽으로 달려갔다.

한미래의 아버지는 호주에서 골프장을 경영하는 부자였다.

당연히 한미래는 골프, 테니스, 승마 등 귀족 스포츠에 능했다.

그때 배운 승마 덕분에 지금 이 청장고원에 와서 방그래나 임연주와 달리 여유 있게 말을 탈 수 있었다.

"푸훗!"

한미래가 꽉 막힌 생리현상을 채나에게 말할까 말까 고민할 때 큼직한 자루를 든 채 뭔가를 열심히 주우며 초원을 돌아다니는 임연주와 방그래가 눈에 들어왔다.

십여 명의 마을 사람과 함께였다.

두둑둑!

한미래가 말을 돌려 임연주 쪽으로 다가갔다.

"냄새 안 나?"

"응! 신기하게도 풀 냄새밖에 안 나."

"진짜?"

"맡아 봐!"

"아아아, 됐어!"

"우후후후!"

임연주가 야크 똥 한 무더기를 집어서 들이밀자 한미래가 진저리를 쳤다.

한미래가 다시 황급히 채나 쪽으로 말을 돌렸다.

풀을 먹는 초식동물의 배설물은 육식동물과 달리 냄새가 그리 심하지 않다.

먹이가 거칠어 완전하게 분해가 되지 않기 때문이다.

이 청장고원의 초원에는 나무가 없다.

취사와 난방을 하려면 연료가 필요했고.

잘 말린 야크 똥은 유목민들에게 없어서는 안 될 귀중한 땔감이었다.

그래서 지금처럼 새벽부터 나와 밤새 얼어붙은 야크 똥을 줍는 것이다.

낮에는 햇볕에 녹아 질펀해져서 줍기가 쉽지 않았고.

두두두두!

악어를 닮은 무 여사가 말을 탄 채 한미래보다 한발 빨리 채나 곁으로 다가갔다.

"오늘은 별채에서 아침 먹자! 애기야."

"쭈아!"

무 여사가 다가오며 아침 얘기를 하자 채나가 반색했다.

무 여사는 채나를 애기라고 불렀다.

짱 할아버지가 채나를 아가라고 부르는 것을 듣고 배웠다.

"양으로 할까? 야크로 할까? 말은 몇 마리 없는데 아깝잖 아?"

채나가 활짝 웃으며 물었다.

무슨 소리야? 아침을 먹자는데 양이니 야크니 하는 말이 왜 나와?

한미래가 의아한 표정으로 눈을 껌벅였다.

"양 두 마리와 야크 한 마리. 제일 통통한 놈으로 골라. 요리 는 내가 할 테니까 녀석들은 애기가 잡아!"

"오키! 하아ー"

두두두두!

채나가 대답과 동시에 말을 몰고 야크 떼 사이로 뛰어들었 다.

"헤에? 아침을 먹자고 한 게 야크와 양을 잡아먹자고 한 거 였어? 아주 잘 어울리는 자매시네요."

한미래가 질렸다는 듯 고개를 절레절레 저었고.

"도대체 때지 언니는 여기 와서 야크와 양을 몇 마리나 잡아 먹는 거야? 야크 오백 마리와 양 오백 마리를 무 언니에게 선

물했다고 하더니 자기 식량으로 쓰려고 가져온 거잖아? 에헤
해해!'

밧줄로 양을 묶는 채나를 바라보며 쓴웃음을 흘렸다.

"윽!"

찰라, 한미래가 배를 움켜쥐었다.

아침부터 말을 타고 달린 덕분에 장운동이 확실하게 되면서
드디어 신호가 왔다.

"아후후, 어떻게?? 또 악마의 소굴인 공동화장실로 가야
돼?"

한미래가 정말 똥마려운 강아지처럼 말을 타고 뱅뱅 돌았
다.

"여기서 오 분쯤 달려가면 내 전용 화장실이 있다. 옆에 삽
을 갔다 놨으니까 일 보고 깨끗이 처리해. 알았어?"

채나가 이미 한미래의 행동을 보고 눈치를 챈 듯 웃으면서
다가왔다.

"휴지는?"

"이 시키가? 휴지까지 언니가 챙겨줘야 돼? 마른 풀들은 뭐
할 거야?"

"미쳐! 미쳐!"

두두두둑!

한미래가 더 이상 참지 못하겠다는 듯 재빨리 말을 몰아 달
려갔다.

세계의 지붕 청장고원이라고 해서 모두 아름다운 것만은 아

니었다.

소문처럼 완벽한 청정지역도 아니었고!

*　　　　*　　　　*

허리케인 블루(Hurricane blue).

아름다운 너(Beautiful you).

하얀 해바라기(White sunflower).

딱 세 가지 소원(Just three wishes).

헤이 닥터(Hey doctor).

하얀 오선지에 이런 곡목이 적혀 있었다.

높은음자리표와 더불어 콩나물처럼 생긴 음표들이 빽빽이 그려져 있는 것으로 미루어 악보가 분명했다.

이미 여러 번 살펴 본 듯 손때가 꼬질꼬질 묻어 있었고 중요 사항을 메모한 글씨들이 빽빽이 적혀 있었다.

주인만 알 수 있는 부호들이 여기저기 표시돼 있었고.

"이, 이 악보들은 뭐지?!"

임연주가 젓가락을 꺼내 오려고 흙벽돌로 지어진 별채에 들어갔다가 눈이 커졌다.

빛바랜 양탄자들이 깔린 허접한 침상 위에 십여 장의 악보가 널려 있었기 때문이다.

지금은 비록 임연주가 한미래의 로드매니저로 일하고 있지만 그래도 대학에서 대중음악을 전공한 음악도였다.

음악전문가까지는 아니더라도 소위 좆문가는 됐다.

떠오르는 악상을 음표로 바꾸어 악보를 만들고, 타인이 작성한 악보를 읽고 해석할 수 있는 능력은 충분히 갖추고 있었다.

꽤나 생뚱맞았다.

중국에서도 오지 중에 오지라는 이 청장고원의 대초원 위에 지어진 허름한 토옥의 한구석에서 악보들을 보게 되다니…….

어떤 시골의 다락방에서 최신식 노트북을 발견한 기분이었다.

"이 시키기가 젓가락을 가져오라니까 뭐하는 거야?"

채나가 불퉁거리며 들어왔다.

"이 악보들 뭐예요? 언니!"

임연주가 악보들을 든 채 의아한 표정으로 물었다.

"뭐긴 뭐야, 임마? 이번 음반에 실을 곡들이지."

"……!"

채나가 임연주의 생각과는 정반대로 아주 간단하게 대답했다.

"이번 음반이라면 언니 정규앨범… 그럼 이미 곡을 다 만드신 거예요?!"

임연주가 당황하며 재차 질문했다.

"헤헤, 재미있는 시키네. 지금이 며칠인데, 임마? 벌써 끝냈지! 세션들도 대강 연습을 끝냈을 거다."

곧 채나의 음성이 하이톤으로 바뀌며 아주 해맑은 목소리로 변했다.

채나가 세상에서 가장 좋아하는 화제, 음악 얘기였기 때문이다.

'그, 그래서 채나 언니가 이 오지까지 왔구나. 무 언니 집에도 묵지 않고 이 토옥으로 왔고! 조용한 곳에서 노래 연습을 하려고 했던 거야. 이 악보에 쓰인 신곡들!'

이제야 임연주는 채나가 미국으로 가지 않고 이 청장고원으로 온 이유를 눈치챘다.

지금까지 임연주나 한미래는 잘못 알고 있었다.

채나가 미국에 가서 노래들을 만들고 연습을 해서 음반 작업을 시작하는 줄 알았다.

한데, 채나는 이미 정규앨범 1집에 들어갈 모든 노래를 선곡해 놓고 연습에 매진하고 있었다.

평균 해발 4,500m나 된다는 세계의 지붕인 이 청장고원의 대초원에서 말이다.

"…이 곡 모두 언니가 작사, 작곡 하신 거예요?"

오늘따라 평소 임연주답지 않게 말이 많았다.

음악 좇문가로서의 호기심 때문이었다.

"그 '대초원의 별'이라는 노래 빼고! 그 곡은 드래곤 장이라는 분이 작사, 작곡한 노래야. 약간 구려서 내가 살짝 편곡을 했지. 헤헤헤!'

채나가 이어지는 노래 얘기가 무척 재미있는 듯 자신이 토옥에 들어온 용건을 나 몰라라 한 채 침상에 털썩 주저앉았다.

드래곤 장은 채나가 만들어 준 짱 할아버지의 예명이었다.

"정말 굉장하시다. 난 언니가 세계적으로 유명한 작곡가들에게 곡을 받아 선곡한 후 음반 작업을 하실 것으로 짐작했어요."

"NO, NO! 난 세계적이고 뭐고 남의 곡은 생리에 맞지 않아. 곡이 꼬지다는 게 아니라 작곡가의 의도를 100% 표현하지 못하겠어. 작곡가가 아무리 디렉팅을 해줘도 내가 쓴 곡처럼 와닿지 않더라고."

"그거야 어쩔 수 없죠 뭐! 내가 아닌 남이잖아요. 세상에 100%짜리 순금이 없는 것처럼 남이 쓴 곡을 완벽하게 표현한다는 것은 불가능해요. 99%까지는 몰라도."

"호오! 이 시키가 뭘 좀 아네? 아, 맞다! 연주, 너 작곡 공부했다고 했지?"

"후우우… 몇 년 안 돼요. 고등학교 때부터 조금씩 했어요."

쪼르르!

채나가 음악 좆문가인 임연주의 정체를 눈치채고 급 호감이 생긴 듯 작은 컵에 김이 모락모락 나는 뽀얀 차를 따라 건네줬다.

이 지방 특산으로 야크 젖을 섞어 만든 차였다.

"난 앞으로도 음반을 낼 때는 무조건 내 곡으로 갈 거야. 흥하든 망하든!"

"아후— 언니는 망하고 싶어도 망할 수 없어요. 이번 앨범

선주문만도 벌써 1억 5,000만 장이 넘었잖아요? 초초울트라 빌리언셀러! 세계 톱 뮤지션이세요."

"아니! 음반 팔아먹는 숫자와는 별개야. 난 진짜 이해가 안 돼! 소위 뮤지션이라는 사람들이 어떻게 지 음반을 내면서 지가 쓴 곡 하나 없이 남의 곡으로 도배를 해? 음악대학 시험을 보면서 실기만 지가 보고 이론은 남이 봐주는 꼴이잖아?"

"……!"

"어떤 작곡가들은 더 웃겨! 노래를 부를 줄 모르는 사람이 무슨 곡을 쓴대? 아니, 지가 만든 음식을 지가 먼저 맛을 보고 평해야지 남이 맛을 보고 얘기해 주는 것 가지고 어떻게 그 음식 맛을 정확히 아냐고?"

"그, 그러네요!"

갑자기 단답형이던 채나 말투가 서술형으로 바뀌면서 화제가 대중음악 세계로 넘어갔고 통분을 했다.

그만큼 채나는 음악 얘기라면 뭐든지 좋아했다.

임연주가 움찔거리며 말을 받았다.

채나의 음악적 마인드에 감탄을 하기도 했지만 이상하게도 채나가 말을 할 때마다 자꾸 몸이 조금씩 뒤로 밀려났기 때문이다.

마치 채나가 손으로 가슴을 밀치는 것처럼!

"뭐, 심각하게 받아드릴 건 없어. 내 음악적인 마인드가 그렇다는 것뿐이야. 클래식 쪽은 모르겠는데 대중음악은 가수와 작곡가를 구분한다는 것 자체가 말이 안 돼. 싱어송 라이터!

이게 정답이지."

채나가 대중음악을 하는 가수에 대한 결론이었다.

싱어송 라이터! 작사, 작곡 연주 노래를 모두 할 줄 알아야 한다고.

세계 음악계에서 채나를 여타 뮤지션보다 높이 대우하는 이유 중 하나였다.

채나가 생각하는 대중음악을 하는 가수의 기본 중에 기본.

기성 가수들이 가장 피곤해하는 싱어송 라이터였다.

"히이! 요즘은 춤만 추는 가수도 있고 랩만 하는 가수도 있어요. 남의 곡을 이 곡, 저 곡 짜깁기해서 곡을 만드는 표절 전문 작곡가도 많고요."

"댄서와 래퍼, 그리고 사기꾼이네!"

채나와 임연주의 음악 얘기가 사기꾼까지 번질 때.

"씨이— 더 못 듣겠다. 언니들이 꼭 내 욕하는 것 같아. 난 작곡 쪽은 많이 서툴잖아……."

한미래가 참지 못하고 끼어들었다.

막 채나 전용화장실에 가서 밀렸던 숙원사업(?)을 깨끗이 해결하고 오는 길이었다.

"자랑이다, 시키야! 어디 학원이라도 다니면서 공부해, 임마! 기본적인 음악 지식이 있는 사람은 작곡도 그리 어렵지 않아."

채나가 툴툴거렸다.

"응! 공부할게. 대신 이번에 나한테 곡 준다는 약속은 꼭 지켜야 돼? 때지 언니!"

"걱정 마! 곡비나 많이 줘."

"치이이이!"

한미래가 채나를 째리며 몸을 뒤틀었다.

채나가 작곡비를 많이 달라고 하는 게 얄밉기도 했지만 임연주처럼 채나가 말할 때마다 몸이 자꾸 뒤로 밀려가는 느낌이 들었기 때문이다.

"알았어! 지난번 전국 콘서트해서 번 돈 몽땅 언니 줄게."

"헤헤헤, 삐지긴. 구라야, 임마! 대신 대박 터지면 곡비 확실히 지불해."

"네엡! 돈 걱정 마시고 그저 좋은 곡만 주세요. 김채나 작곡가 선생님!"

"우쒸― 선생님 소리를 들으니까 갑자기 노래가 부르고 싶다. 아아아아아!"

채나가 정말 노래를 부르고 싶은 듯 목을 풀면서 토옥 밖으로 뛰쳐나갔다.

"후… 채나 언니한테 곡을 받기로 한 거야, 미래야?"

임연주가 가볍게 한숨을 내쉬며 슬며시 물었다.

실은, 임연주가 한미래의 로드매니저로 취업한 목적 중 하나가 자신이 쓴 곡을 한미래가 불러줬으면 해서였다.

오늘 내일 곡을 건네줄 기회를 엿보는 중이었고.

하지만, 한미래가 채나에게 곡을 받는다면 모든 게 꽝이다.

스스로 말했듯 채나는 싱어송 라이터로 활동하면서 빌보드 차트 등을 휩쓸고 세계 톱 뮤지션으로 등극했다.

이때 임연주가 아무리 좋은 곡을 준들 채나에게 받은 곡만큼 좋아 보일까?

세계적인 유명 브랜드와 이름 없는 잡표.

게임 자체가 안 된다.

"해해해! 내가 지난번부터 졸랐어. 지금처럼 기회만 있으면 마구 쪼았고."

"축하해! 그 노래는 보나마나 히트야."

"무슨 개뜬금?! 채나 언니가 나한테 준 곡을 보기라도 했어?"

"바보. 어떤 노래에 채나 언니 이름이 붙었는데 매스컴에서 가만있겠니? 언니가 작곡했다는 이유 하나만으로도 엄청난 화제가 될 거야. 언니 팬덤들이 벌 떼처럼 달려들 거구. 그럼 간단히 대박 나는 거지, 뭐!"

"아호— 갑자기 겁나네. 그냥 채나 언니 노래가 좋아서 몇 곡 달라고 한 건데? 내가 망치면 어떡하지? 분명히 채나교도들이 날 강남 사거리쯤에서 교수형에 처할 거야."

"후후, 아주 절호의 기회야. 채나 언니 노래를 타이틀곡으로 해서 한미래의 실력을 확실하게 보여줘."

"보여주는 건 보여주는 건데……."

임연주가 쓴웃음을 지으며 격려를 했고 한미래가 인상을 쓰며 토옥의 천정을 바라봤다.

흙먼지가 떨어졌기 때문이다.

"거리에 전등불이 하나둘 켜질 때 지친 몸을 일으키고……."

우르르릉!

투투툭!

묵직한 톤의 채나 노래가 들리면서 갑자기 토옥이 흔들리고 흙들이 쏟아졌다.

"뭐, 뭐지? 지진인가?"

"아냐! 채나 언니 노래 소리 때문에 그런 것 같아."

"때지 언니 목소리 때문에?!"

임연주과 한미래가 화들짝 놀랐다.

"세상의 새벽길 그렇게 걷다가 사랑과 일을 만나……."

채나의 우렁찬 사자후가 이어졌다.

우르릉릉!

후두두둑!

계속해서 토옥이 흔들리며 흙먼지가 마구 쏟아지자 두 사람이 밖으로 뛰쳐나갔다.

"길이 끝나는 곳에서 길은 다시 시작되고… 그대는 허리케인 블루! 길이 없는 곳에서 길은 또 만들어지고… 그대는 허리케인 블루!"

씨이이이잉!

채나가 바람이 세차게 부는 은회색 초원 위를 거닐며 힘차게 노래를 불렀다.

채나의 정규앨범 1집 1번 트랙에 실린 타이틀 곡.

'허리케인 블루'였다.

사격 선수시절 채나가 미국 최대의 공업도시라는 디트로이트에 훈련 차 갔을 때 자동차공장에서 쏟아져 나오는 근로자들을 보고 영감을 받아 만든 노래였다.

수천 명의 작업복을 입은 근로자가 거리로 쏟아져 나오는 모습이 마치 바다를 헤치고 나가는 폭풍처럼 느껴져서 '허리케인'이라는 곡목을 붙였다.

'블루'는 주로 청색 작업복을 입는 근로자들을 뜻하는 블루컬러의 약자였고.

"와아아아! 노래 좋다. 육성으로 들을 때도 이렇게 멋있고 가슴이 쿵쾅거리는데 반주가 뒷받침되면 얼마나 대단할까?"

"푸우! 말로만 들었던 채나 언니의 사자후! 정말 무섭다. 얼마나 성량이 큰지 지진이 난 것처럼 초원을 진동시켜!"

"정말— 아까도 언니의 가공할 성량 때문에 몸이 움찔움찔했던 거야."

한미래와 임연주가 채나의 노래를 들으면서 탄성을 질렀다.

두 사람의 탄성처럼 채나가 부르는 노래는 대단했다.

하지만 노래를 부르며 초원 위를 거니는 채나의 모습은 더욱 장관이었다.

대자연 속에 묻힌 인간이 아니라 대자연을 등 뒤에 거느린 절대자처럼 보였다.

"천둥과 번개도 그대의 힘을 당할 수는 없어. 허리케인 블루……."

채나가 초원을 거닐며 어떤 교주가 집회에서 절규를 하듯 힘차게 노래를 불렀다.

"굉장한 대곡이네. 겨우 한 소절 들었는데 전율이 일어. 힘이 불끈불끈 솟아나고!"

"응응! 채나교도들 말대로 진짜 교주님의 성령이 깃든 노래야. 또다시 세계가 뒤집히겠어."

한미래와 임연주가 넋을 놓고 채나가 부르는 '허리케인 블루'를 감상했다.

번쩍! 우르르릉, 쾅쾅쾅!

그때, 채나의 목소리에 하늘도 놀란 듯 번개가 치며 천둥이 울었다.

뚝!

"어쩐지 잠깐 빤짝하더라? 또 시작이네!"

채나가 와락 인상을 쓰며 노래를 멈췄다.

"악어 언니!"

"가자―"

채나가 무 여사를 불렀고 무 여사가 말을 탄 채 후다닥 달려왔다

후두두둑!

빗방울이 떨어지기 시작했고.

뒤이어 진눈깨비로 변한다 싶더니 싸라기눈이 쏟아졌다.

고지대 특유의 날씨였다.

고지대에 올라오면 지금처럼 사계절 날씨를 하루에 다 구경

하게 된다.

강렬한 햇빛, 폭풍, 폭우, 폭설 등등.

두두두두두!

윙윙윙!

"쩌쩌쩌쩌! 이랴! 이랴!"

채나와 무 여사가 말을 탄 채 개들과 함께 야크와 양 떼를 몰았다.

"······!"

한미래와 임연주가 퍼뜩 정신을 차렸다.

한미래가 잽싸게 토옥 앞에 매여 있던 말에 올라탔고.

임연주는 토옥 옆에 자연석을 쌓아 만든 넓은 가축우리로 달려갔다.

두 사람은 이미 사흘 동안이나 이 초원 위에서 유목민 생활을 경험했기에 이럴 땐 어떤 일을 해야 하는지 잘 알았다.

"와와와! 와아아아!"

채나와 무 여사 한미래가 말을 탄 채 능숙하게 야크와 양 떼를 몰아갔다.

음머어어어! 매애애애애!

잠시 후, 야크와 양 떼가 가축우리로 들어갔다.

씨이이이이잉!

계속해서 차갑고 사나운 바람이 방금 전 한 폭의 수채화 같던 청장고원의 초원을 무채색으로 바꿨다.

컴퓨터 배경화면 같던 그 초원이 누군가 더블클릭을 한 듯 거짓말처럼 사라졌고.

소로로록!

흙벽돌로 만든 토옥 옆에 쳐놓은 큼직한 군용천막 위로 하얀 싸라기눈이 떨어졌다.

"헤헤헤!"

천막 안에서 채나 특유의 맹한 웃음소리가 새어 나왔다.

놀랍게도 천막 안은 차가운 바람이 불며 눈이 내리는 밖의 풍경과는 딴판이었다.

딱 어떤 잔치를 준비하는 넓은 주방이었다.

사방 벽에는 여느 정육점처럼 시뻘건 고기 덩어리들이 매달려 있고.

큼직한 가스버너 위에 올려진 거대한 솥에서는 뿌연 김이 뿜어져 나오며 뭔가 부글부글 끓고 있었다.

조리사 자격증을 무려 네 개나 소지한 방그래와 무 여사가 만든 그림이었다.

방그래가 육중한 칼을 든 채 반팔 셔츠 차림으로 땀을 뻘뻘 흘리며 통나무 탁자 위에 놓인 고기들을 바르고 있었다.

"우적우적!"

채나와 한미래 등은 야전침대 위에 둘러앉아 열심히 고기를 뜯었고.

방그래가 땀을 훔치며 시뻘건 고기가 담긴 쟁반을 들고 다가왔다.

"드셔 보십시오. 채나가 언니 좋아하는 육회, 야크 육회입니다."

"……!"

꿈틀꿈틀!

쟁반 위에 놓인 예리하게 저며진 붉은 고기 덩어리들이 마치 살아 있는 것처럼 움직였다.

"혜에에에! 이거 살아 있잖아?"

"사후경직이 일어나기 전에 채 식지 않은 혈액이 근육 내에 흐르고 있기 때문에 나타나는 떨림 현상입니다."

"오오오! 역시 우리 빵 부장 조리사 4관왕답다. 사후경직 혈액 근육 떨림 현상… 말투부터 전문가 티가 팍팍 나."

방그래가 전문용어를 사용하자 채나가 존경하는 표정으로 탄성을 질렀다.

정말 채나는 요리사나 조리사를 존경했다.

먹을 것을 다루는 사람들이기 때문이었다.

앞에서도 언급했지만 육 고기나 바다 고기는 사후경직이 일어나기 전에 먹는 것이 좋다.

대부분 소나 돼지 같은 육 고기는 유통 과정상 어쩔 수 없이 사후경직이 풀린 뒤에 먹게 되지만 말이다.

느닷없이 변덕을 부린 날씨 덕택에 한바탕 푸닥거리를 한 뒤 무 여사가 말한 별채에서 아침 식사를 하는 중이었다.

양 두 마리와 야크 한 마리를 잡아서!

싸라기눈이 내리는 한겨울 이국의 오지에서 하는 식사.

나름 운치가 있었다.

한데 야크와 양은 유목민에게 큰 재산이다.

우리나라로 치면 소 한 마리와 돼지 두 마리쯤을 잡은 셈이다.

그 귀중한 재산인 양과 야크를 가난한 유목민이 마구 잡아 먹어도 괜찮을까?

이렇게 우리는 막연히 유목민들은 가난하게 살 것이라고 생각한다.

착각이다.

달걀귀신이 튀어나올 듯한 화장실을 사용하는 마을에 산다고 해서, 초원을 떠돌며 가축을 키우는 유목민이라고 해서 절대 빈민은 아니다.

생각해 봐라.

양이나 야크 말 등을 몇백 마리씩 키우는 사람이 가난할까?

정작 가난한 사람들은 청해호 주변에서 화전을 일구어 농사를 짓거나 물고기를 잡아 생계를 유지하는 어부들이다.

또 우리처럼 도시의 뒷골목에서 마지못해 살아가는 사람들이고.

더욱이 이 청정고원 지역 청해성 감숙성 일대에서 가축을 삼천 두 이상 키우는 집은 무 여사 집이 유일했다.

어떻게 보면 무 여사는 이 지역에서 재벌이나 진배없었다.

그런 재벌이 왜 집 안에 화장실과 목욕탕이 없는지 의문이었지만!

"제가 야크는 다뤄보지 않아서 잘 모르는데 소하고 사촌이
니까 엉덩이 살을 골라봤습니다. 소는 엉덩이 살이 육회 감으
로 가장 좋거든요."

"야, 약간 징그럽다. 그냥 날로 먹어도 되는 거야? 빵 언니!"

방그래가 야크 육회에 대해서 찬찬히 설명했고 한미래의 눈
에 호기심이 어렸다.

"정 비위가 상하면 잠깐 기다려. 맛있게 삶아진 야크 살코기
도 있어."

"괜찮아! 아주 괜찮아! 소고기 육회보다 훨씬 맛있어."

채나가 야크 육회 맛에 찬사를 보내며 육회가 담긴 쟁반을
입속에 들이부었다.

한미래와 임연주는 채나 말에 속지 않았다.

질보다 양.

채나는 어떤 음식들 갖다 줘도 감탄사부터 토하는 사람이라
는 것을 익히 경험했다.

진짜, 야크 고기 맛은 어떨까?

무공해 청정지역이라는 청장고원의 초원에서 자라는 풀을
먹고 성장한 가축.

중국 전역에서 명품 고기로 꼽힌다는 청해성의 특산물.

꼴깍!

한미래와 임연주가 침을 삼켰다.

두 사람은 야크 고기를 처음 먹어보는 것은 아니었다.

백마하에 도착한 첫날 무 여사가 야크 한 마리를 잡아 환영

잔치를 베풀어줬다.

하지만 그때는 고산병의 후유증이 계속됐고 설사란 놈이 쳐들어와 미각과 후각 등이 마비된 상태였다.

야크 고기인지 늑대 고기인지 몰랐다.

겨우 두세 점 집어 먹다 말았다.

두 사람은 오늘 또다시 실망했다.

조리사 자격증을 네 개나 보유한 초막강 요리사 방그래 만든 야크 요리.

딱 수입 소고기 맛이었다.

수입 소고기 중에서도 저질······.

지독하게 질기고 누린내가 심하고 심지어 풀 냄새까지 났다.

야크는 소의 원시 버전이다.

제아무리 야생동물 고기가 맛있다 해도 인간의 입에 맞게 개량을 거듭한 가축들의 고기 맛과는 많은 차이가 있다.

구구구구궁―

한미래가 잘 삶아진 야크 고기를 소금에 찍어 맛을 본 후 인상을 찌푸릴 때였다.

밖에서 엄청난 굉음이 들렸다.

무 여사가 반사적으로 몸을 일으켰다.

채나는 미동조차 하지 않고 열심히 야크 고기를 뜯는 본연의 의무에 충실했다.

두두두두!

중국군 공격용 헬기인 Z—9W 한 대가 눈이 내리는 초원 위에 내려앉았다.

초록색 정복을 갖춰 입은 군인 세 명이 헬기에서 내려와 재빨리 무 여사 등이 식사를 하는 천막 쪽으로 달려갔다.

중국 인민해방군 육군의 고급 장교들이었다.

척!

군용 천막 안으로 들어온 군인들이 일제히 거수경례를 했다.

양쪽 어깨에 두 개의 노란별이 선명하게 붙어 있는 육군 소장이 먼저 손을 올렸다.

거의 동시에 육군 대교 계급장을 부착한 두 사람의 손이 올라갔고.

무 여사가 가볍게 경례를 받았다.

일분 전에 야크 고기를 뜯으며 채나와 낄낄대던 때와 달리 묵직한 동작이었다.

"뭐야? 부대에 급한 일이라도 생긴 거냐?"

무 여사가 퉁명스럽게 물었다.

"요요림 상장께서 내일 오전 10시에 당 중앙군사위 주석으로 취임하신다는 전통이 도착했습니다. 부사령원 동지!"

"그래? 드디어 대사형께서 염원하시던 천하제일인이 되셨군."

장군이 보고를 했고 무 여사가 묘한 말로 받았다.

일찍이 모택동은 권력은 총구에서 나온다고 했다.

군대의 무서운 힘을 비유한 말이다.

중국의 군대는 산하에 군수업체까지 거느릴 정도로 막강한 권력을 휘두른다.

중국 공산당 중앙군사위원회 주석은 그 엄청난 중국 군대의 최고 지휘관이다.

유명한 정치가인 등소평이 말년까지 애착을 보였던 그 자리다.

중국내에서 통하는 말이지만 천하제일인이 그리 틀린 말은 아니었다.

알다시피 요요림 상장은 짱 할아버지의 큰제자, 채나의 대사형이다.

"아울러 부사령원께서는 육군 상장으로 진급하시는 것과 동시에 제2포병 사령원으로 임명되셨습니다. 즉시 북경 중남해로 올라오시라는 중앙군사위의 명령입니다."

"경하드립니다, 부사령원 동지!"

"축하드립니다, 부사령원 동지!"

계속해서 장군이 보고를 했고 대교들이 축하 인사를 건넸다.

"크읏! 그냥 난주군을 맡겨 달라고 했건만……."

무 여사가 별일 아니라는 듯 혀를 찼고.

"벌써 중군위의 명령이 떨어졌다며 어쩔 수 없지!"

고개를 주억거렸다.

'어머머머, 세상에!? 무 언니가 중국군 장군이었어?'

'어, 엄청나다! 난 그냥 못생기고 덩치 큰 중국 할머니인 줄 알았는데?!'

지켜보던 한미래와 임연주가 입을 딱 벌렸다.

"다시 한 번 경하드립니다. 제2포병 사령원 동지!"

"진심으로 축하드립니다."

"고맙다. 조심해서 귀대하도록!"

"옛! 사령원 동지."

장군과 대교들이 다시 한 번 축하 인사를 건넸다.

두 번씩이나 축하 인사를 받을 만했다.

악어만큼이나 험상궂은 외모의 소유자 무진장 여사.

원래 신분은 중국 인민해방군 육군 중장으로 청해 감숙 신강성 등을 관장하는 난주군구의 부사령원이었다.

여장군(女將軍) 무진장하면 중국 서쪽 지방에서는 그 명성이 하늘을 찔렀다.

끔찍하게 예뻐하는 사매 채나가 중국에 오자 휴가를 내서 함께 고향에 내려왔던 것이다.

이 여장군이 채나가 중국에 도착한 지 나흘째 되던 날.

중국 인민해방군의 최고 계급인 상장으로 진급했다.

소수민족 출신에 여성임에도 불구하고.

게다가, 육·해·공군 삼군의 편재와 별도로 제4군(第四軍)으로 분류되는 제2포병의 사령원으로 임명됐다.

제2포병은 산하에 10만여 명의 병사를 거느린 중국 내 모든 핵무기를 관장하고 있는 살기등등한 부대였다.

당연히 당 중앙군사위 주석으로 취임한 요요림 상장이 만든 작품이었다.

살짝 채나도 거들었고.

북경의 중남해는 중국의 최고지도자들이 모여 사는 곳으로 중국 최고위층을 뜻한다.

"저희가 마련한 사령원 동지의 진급을 축하드리는 선물입니다."

대교 한 사람이 큼직한 나무 상자를 가지고 들어와 무 여사 앞에 내려놨다.

"뭐지?"

"사령원께서 즐기시는 마오타이 주입니다."

"크크크웃! 내년에나 북경으로 가겠구나."

무 여사가 쓴웃음을 지었다.

무 여사는 두주불사 술을 즐기는 여걸이었다.

처척!

장군과 대교들이 미소를 지으며 다시 거수경례를 했고.

이번엔 무 여사도 거수경례로써 인사를 받았다.

마오타이주는 중국 최고급 술의 대명사다.

중국인들이 국부로 추앙하는 모택동이 즐겨마셨고 국빈 만찬에 빠짐없이 올려져 중국국주(中國國酒)로 불린다.

50도가 넘는 독한 술로 뇌물용으로도 많이 쓰였다.

두두두두!

고급 장교들을 태운 헬기가 초원 위로 떠올랐다.

무 여사가 멀어져 가는 헬기를 물끄러미 쳐다봤다.

툭!

채나와 가볍게 주먹을 마주쳤고.

말없이 눈 내리는 초원을 한참 동안 걸어갔다.

"먼 훗날 내가 할머니가 됐을 때 이곳에 와서 살고 싶어. 이 초원에서 가축들을 키우면서……."

채나가 초원을 둘러보며 전혀 어울리지 않는 센티멘탈한 말을 뱉었다.

"안 돼! 늙으면 힘없어서 야크 같은 가축들을 돌보지 못해. 초원에서 못 살아."

무 여사가 한 칼에 잘랐다.

"애기는 무조건 뉴욕이나 LA 같은 화려한 도시에서 살아. 파리나 로마도 좋고! 하와이 같은 유명한 관광지에 별장도 수십 채씩 마련해 놓고 말야."

"왜에?"

"그래야 이 언니도 핑계 김에 외국 여행을 해보지! 애기가 여기 와서 살면 내가 언제 이 나라를 떠나 봐?"

"쳇! 순전히 악어 언니가 여행 다니고 싶어서구만."

"대신 내가 애기를 더 많이 예뻐해 줄게!"

무 여사가 미소를 띠며 채나를 번쩍 안아 들었다.

"에헤헤헤, 알았어! 언니가 원하는 대로 전 세계에 별장을 백 개쯤 사둘게!"

채나가 귀엽게 웃으며 무 여사의 얼굴을 톡톡 건드렸다.

"근데, 정말 대사형이 이 중국의 최고 실력자가 된 거야?"

"애기가 준 돈이 쐐기를 박았다. 이 세상은 사람이 아니라 돈이 지배하니까!"

채나가 진지하게 질문을 하자 무 여사가 기다렸다는 듯 단언을 했다.

"헤헤! 내가 준 게 아니라 사문의 어른들이 주신 거지. 아무튼 기분 좋네. 우리 사형제 중에서 벌써 세 명이나 일국의 최고 지도자가 나왔어."

"일본의 후지야마 사형과 한국의 민 사형?"

"응! 두 사형도 시간문제야. 곧 한일 양국의 원수가 될 거라고."

정녕 가공할 일이었다.

선문의 97대 대종사 장룡이 세계 각국에 남긴 제자들.

그들은 약속이나 한 듯 약진을 거듭하고 있었다.

가장 큰 제자인 요요림 장군은 이미 중국 최고의 실력자로 등극했고.

민광주 의원은 선거 전문가들이 인정한 다음 대 한국 대통령이었다.

후지야마 의원은 자민당 간사장으로 일본의 수상으로 물망에 올라 있었고.

러시아의 니콜라이 의원은 총리 자리를 눈앞에 두고 있었다.

손자인 장한국은 세계 최초로 노벨상 화학상과 의학상을 수상했다.

대종사 위를 이어 받은 채나는 지구 최고의 아티스트가 됐고.

"그러고 보니 사형제 중에서 내가 제일 무녀리구만."

"무슨? 중국군 대장이 됐잖아?"

탈싹!

채나가 무 여사 품에서 뛰어 내렸다.

무녀리는 짐승의 배에서 맨 먼저 나온 새끼를 뜻한다.

언행이 좀 부족한 사람을 가리키는 말이기도 했고.

"크웃! 대장이라? 뭐 한국군으로 비교하면 대장이라고 할 수 있겠다. 우리 인민해방군에는 상장보다 높은 계급이 없으니까!"

무 여사가 잇새로 말을 받았다.

"멋있어! 악어 언니도 대사형의 뒤를 이어 천하제일인이 돼봐. 내가 힘껏 도와줄게."

"다음 대 천하제일인이라? 나쁘지 않지. 그 옛날 여황제 측천무후도 있었고!"

텅텅!

다시 채나와 무 여사와 힘차게 주먹을 마주쳤다.

다음 대 천하제일인.

두 번째 중국의 여황제 탄생을 약속하는 뜻이었다.

"그럼 이제 축하연을 개최하자고. 아주 거하게!"

"좋지! 고기도 술도 충분해. 먹고 죽자고!"

"헤헤헤, 좋아! 좋아! 굶어 죽는 것보다 먹다 죽는 게 훨씬 낳지."

무엇보다 먹는 쪽에서 호흡이 아주 잘 맞는 자매.

외계인과 여장군이 손을 꼭 잡은 채 황급히 천막 속으로 들어갔다.

두두두두!

사흘 후, 헬기 한 대가 또 초원 위에 내려앉았다.

이번에는 중국제 공격용 헬기가 아니라 러시아제 수송용 헬기인 MI—17이었다.

날씨도 무척 좋았다.

채나1호와 채나2호가 먼저 헬기에 실렸다.

뒤이어 각종 가죽들이 실렸다.

양가죽부터 말가죽, 야크 가죽, 늑대 가죽 등.

심지어 러시아 상인에게 샀다는 곰 가죽과 호랑이 가죽도 있었다.

중국 인민군해방군 상장 제2포병 사령원 여장군 무진장.

악어 언니가 가죽 좋아하는 채나에게 주는 선물이었다.

그리고, 청장고원의 충만한 기운과 야크 고기로 퍼펙트한 몸을 만든 채나.

몸무게가 족히 5kg은 늘은 듯한 방그래가 헬기에 올랐다.

얼굴이 시커멓게 그슬린 채 삐삐 마른 한미래와 임연주가 타자 곧바로 헬기가 이륙했다.

채나와의 이별이 아쉬운 듯 악어 언니의 눈에 눈물이 고였다.

차르르르륵!

헬기와 같이 오색 종이가 날아올랐다.

라싸로 가던 청년들이 한미래를 향해 날려주던 그 부적.

여장군이 외계인의 행운을 기원하며 풍마를 날렸다.

무 여사는 엄밀히 말해 중국인 아니라 티베트 불교를 숭앙하는 티베트인이었다.

헬기가 완전히 자취를 감출 때까지 무 여사가 풍마를 날렸다.

황량한 초원 위에서 홀로 남아…….

잠시 후, 여장군은 북경 중남해로 날아갔다.

다음 대 천하제일인.

중국의 두 번째 여황제가 되기 위해서!

5장

신과 인간의 중간

"와아아아아!"

"채나 킴! 채나 킴! 채나 킴!"

엄청난 함성과 함께 채나가 활짝 웃으며 비행기 문 앞에 서서 귀엽게 손을 흔들었다.

특유의 통통 뛰는 걸음으로 비행기 트랩을 내려왔다.

짝짝짝! 휙휙휙!

레스토랑에서 식사를 하고 있던 손님들이 저편 벽에 걸려 있는 70인치는 족히 되어 보이는 초대형 벽걸이 TV를 보면서 박수와 환성을 질렀다.

"드디어 외계인 쳐들어 왔군! 본격적으로 아메리카 대륙을 초토화시키려고 말야."

"아니죠! 교주님께서 납시신 겁니다. 미국의 수많은 암 환자를 구원하기 위해서요."

"핫핫핫! 껄껄껄!"

똑같은 금발에 푸른 눈인 네 명의 중년 사내가 식탁에 마주 앉아 식사를 하며 다른 손님들처럼 채나가 LA공항에 내리는 장면을 생중계하는 TV를 보며 담소를 나눴다.

미중앙정보국 CIA 콜린 화이트 작전부장과 친구들이었다.

화이트 부장은 복잡하게 꼬여가는 이라크 문제 때문에 미연 방수사국, FBI, 미국방정보국, DIA 등 각 정보 관계부처의 고위층들과 연달아 회합을 갖고 있었다.

곧, 이렇게 취합된 의견은 백악관에 보고가 될 것이고 이라크에 미군을 파병하는 데 중요한 단초가 된다.

재미있게도 이들인 모인 식당은 언젠가 채나가 한국으로 떠나면서 케인과 결혼을 약속했던 그 식당.

뉴욕 에비뉴 32번가에 있는 한정식 레스토랑 '보름달'이었다.

사랑하는 친구 너는 지금 어디에 있니……

너무 보고 싶어 나는 지금 도시의 어두운 골목길을 걸어간다……

어릴 때 너와 같이 뛰어놀던 그 바닷가……

지금 이 식당은 재미교포인 에드워드 송이 주인인지 채나가 주인인지 헷갈렸다.

채나와 케인이 듀엣으로 부른 '디어 마이 프렌드'가 끝없이
흘러나왔고 채나의 대형 브로마이드 사진이 사방 벽을 도배하
고 있었기 때문이다.

"아무리 뜯어봐도 음반을 2억 장씩이나 팔아먹을 몬스터처
럼 생기지는 않았군요!"

"핫핫! 동양인들은 절대 외모로 평가를 하면 안 됩니다. 우
리 딸아이에게 한국인 친구가 한 명 있어요. 채나 킴보다 훨씬
왜소한 체구에 도수 높은 안경까지 써서 아주 촌스럽게 보이
는 아가씨예요. 그 친구가 며칠 전에 세계 삼대 콩쿠르라는 모
스크바 콩쿠르에 나가더니 날름 피아노 부문 대상을 먹어 오
더군요, 참나!"

"사라 최 말씀이군요."

FBI 클라크 뉴욕 지부장이 벽에 붙은 채나의 대형 브로마이
드 사진을 살펴보며 신기한 듯 고개를 갸우뚱거렸다.

DIA 존슨 대테러 국장 등이 웃으면서 한국인 피아니스트 사
라 최 얘기를 했고.

"그래서 한국 속담에 작은 고추가 맵다는 말이 있죠!"

동아시아 전문가답게 화이트 부장이 한국 속담까지 예를 들
며 맞장구를 쳤다.

"확실히 동양인들은 체격이 작을수록 재주가……?"

이어, 화이트 부장이 채나의 사진을 살펴보다가 눈꼬리가
가늘어졌다.

어디선가 많이 본 듯한 얼굴이었기 때문이다.

홋! 눈에 익을 수밖에 없지. 새벽부터 저녁까지 지겹도록 TV에 나오는 친구잖아.

화이트 부장이 이렇게 생각하며 다시 벽에 붙은 채나 사진을 보다가 TV에 비춰지는 채나를 쳐다봤다.

틀림없다. 그 녀석이 분명해. 일주일이 멀다 하고 꿈속에 나타나 나를 괴롭히는 놈!

그랬다.

화이트 부장이 버지니아 주 랭글리에서 살 때 칼을 든 채 침실로 쳐들어와 자신의 목을 베던 미소년.

그 후유증으로 저택을 불을 지르고 도망치다시피 뉴욕으로 이사 오게 만든 놈.

여자이면서도 미소년처럼 보이는 얼굴.

바로 저놈이다—

오늘에서야 화이트 부장은 꿈속에 나타나 자신을 괴롭히는 미소년과 채나가 동일인물이라는 것을 알았다.

또박또박!

그때 귀엽게 생긴 동양인 웨이트리스 한 명이 접시를 든 채 화이트 부장 테이블 쪽으로 다가왔다.

"······!"

화이트 부장이 화들짝 놀라며 허리춤의 콜트 45구경 자동권총을 잡아갔다.

꿈속에 칼을 들고 쫓아왔던 그 미소년이었기 때문이다.

"실례하겠습니다."

"푸후!"

미소년이 상냥하게 인사를 하며 테이블의 음식 접시들을 치우기 시작했고 화이트 부장이 이마를 훔치며 한숨을 길게 내쉬었다.

동양인들은 도대체 그놈이 그놈 같으니?

착각이었다.

채나와 비슷한 체구의 아가씨였다.

"왜… 몸이 좋지 않습니까? 부장님"

FBI 클라크 지부장이 근심 어린 표정으로 화이트 부장을 살폈다.

요 근래 화이트 부장이 엄청난 격무에 시달린다는 것을 알고 있었기 때문이다.

"아, 아닙니다. 이라크 놈들 때문에 신경을 썼더니 꽤 피곤하군요."

"너무 신경 쓰지 마세요. 곧 깨끗하게 쓸어버릴 겁니다."

화이트 부장이 얼굴을 찌푸리자 DIA 존슨 대테러 국장이 주먹을 움켜쥐며 위로했다.

―어서 도망쳐라. 빨리 자리를 떠!

―어서 도망쳐! 빨리!

갑자기, 화이트 부장의 머릿속에서 큼직한 곡괭이가 머리를 찍듯 쾅쾅대며 괴이한 음성이 들려왔다.

마경을 익힌 자가 반사적으로 느끼는 경고음!

그 위험 신호가 또다시 울렸다.

화이트 부장이 고통스러운 표정으로 머리를 움켜쥐며 고개를 흔들었고.

팟!

기다렸다는 듯 초대형 TV 속에서 긴 칼을 든 채나가 튀어나왔다.

재깍 화이트 부장을 덮쳤다.

화이트 부장이 재차 권총을 빼갔다.

이미 늦었다.

서걱!

새파란 칼날이 화이트 부장의 목을 베었다.

"끄아아아아악!"

화이트 부장이 목을 부여잡은 채 비명을 질렀다.

"왜, 왜 그래요? 화이트!"

"화이트 부장님ー 괜찮으세요?"

클라크 지부장 등이 화이트 부장을 부축했다.

"아아아아악!"

화이트 부장이 권총을 내팽개치며 식당 밖으로 뛰쳐나갔다.

하지만 뛰쳐나간다고 해결될 일이 아니었다.

이제 시작이었다.

빠르면 하루에 한 번씩! 늦으면 사흘에 한 번씩!

채나가 화이트 부장 주위에 가까이 오면 올수록 이 몽유병 같은 괴질이 점점 심해지면서 화이트 부장을 괴롭힐 것이다.

화이트 부장이 마경을 익혔고 채나의 몸에서 선문의 영취공이 발휘되고 있는 이상 어쩔 수 없는 현상이었다.

영취공은 인간이 상상할 수 없는 세월 그 이전에 선문을 개파한 초대 대종사가 자신을 배반하고 뛰쳐나가 마궁을 세운 반역자를 섬멸하기 위해서 만든 비기였다.

쉽게 말해 영취공은 선문을 세운 대종사의 영(靈)이었다.

화이트 부장이 이 괴질로부터 벗어날 수 있는 방법은 둘 중 하나였다.

화이트 부장이 죽거나!

채나가 죽거나!

＊　　　＊　　　＊

록큰롤과 팝이 있는 한 미국은 절대 망하지 않는다는 말이 있다.

미국이 초막강의 위력을 떨치면서 세계의 연예분야를 장악하고 있지만 가장 무서운 힘을 발휘하고 있는 분야가 바로 대중음악이었다.

미국은 세계 대중음악의 독점국으로 무소불위로 시장을 먹어치우는 음악의 제국이다.

그 제국을 소니, 유니버설, 워너, BMG 등 메이저 음반 회사들이 지배했다.

이 메이저 음반사들은 '좋은 가수'를 찾기보다 '좋은 음악' 상품을 찾았다.

마돈나, 마이클 잭슨, 머라이어 캐리, 휘트니 휴스튼, 자니잭슨 등 팝계의 슈퍼스타들은 그들의 눈에는 뮤지션이나 아티스트가 아니라 아주 잘 팔리는 질 좋은 음악 상품이었다.

대중음악은 팔려야 하며 많이 팔리는 음악이 좋은 음악.

즉, 돈 되는 음악이 좋은 음악이란 얘기다.

섹스, 저항, 인종, 종교, 이념, 테러 등등.

어떤 음악이든 개의치 않았다.

이들이 항상 주장하고 꿈속에서도 신봉하는 단 하나의 진리였다.

돈을 신앙처럼 숭배하는 메이저 음반 회사들 앞에 정말 오랜만에 퀄리티가 아주 뛰어난 음악 상품 하나가 출현했다.

머라이나 휘트니처럼 '음악공장'에서 오랫동안 막대한 돈과 시간을 들여 완벽하게 제조한 물건도 아니었다.

그야말로 하늘 위에서 뚝 떨어졌다.

그것도 공장에서 혼신의 노력을 다해 만들어낸 물건들보다 훨씬 품질이 좋았다.

특이하게도 동양인에 세계적인 스포츠 스타였다.

가장 중요한 가창력은 옥타브의 한계가 없는 멀티 옥타브를 자랑하는 외계인 수준이었고.

소니와 워너, 파라다이스가 이 상품을 사려고 경쟁에 뛰어들었다가 1억 달러가 넘게 배팅을 한 유니버설의 자회사인 EMA에 참패를 당했다.

정규앨범 1집의 선주문을 받으면서 그 결과가 공포로 다가왔다.

소니 등 메이저 음반사의 경영진 목이 우수수 날아갔다.

"껄껄껄! 10억 불을 줘도 꼭 잡아야 한다는 자네 의견이 결정적이었어."

"저야 뭐… 회장님께서 고생하셨죠. 한국을 세 번씩이나 방문하시고!"

"아냐! 아냐! 자네가 채나 킴의 사격선수 스펙을 거론하면서 설득하지 않았다면 난 아마 한국에 가지 않았을 거야."

"하하! 어쨌든 회장님께서 용단을 내리셨기에 오늘 같은 좋은 결과가 있었습니다."

메이저 음반 회사인 유니버설의 맥거번 회장과 그 산하에 있는 레이블 중 하나인 EMA의 로빈슨 사장이 아주 화기애애한 분위기 속에서 마주 보고 영양크림을 칠해주고 있었다.

영양크림 이름은 채나였다.

"어리석은 소니 놈들! 벌써 3집을 계약하자고 쫓아다녀? 이제 1집을 발매하는데 무슨 개수작이야. 껄껄껄껄!"

거구의 대머리 백인 노신사 맥거번 회장이 파안대소를 터뜨리며 품속에서 쿠바산 수제 시가 하바나를 꺼냈다.

맥거번 회장은 오랫동안 시가를 즐겨온 악명 높은 체인스모커였다.

찰칵!

미모의 여비서가 재빨리 라이터를 꺼내 불을 붙여줬다.

실내에 있는 모든 사람이 담배 연기라면 질색이었지만 누구 하나 뭐라고 하는 사람이 없었다.

맥거번 회장은 지금 실내에 모여 있는 사람들뿐만 아니라 백만 명쯤 되는 사람의 삶을 한 손에 움켜쥔 권력자였다.

청년 시절 이태리계 조폭인 마피아에서 활동했다는 소문이 걸리기도 했고.

"하하! 음반 발매는 시간하곤 별 상관관계가 없습니다. 오늘 1집 내고 내일 2집을 낼 수도 있습죠."

로빈슨 사장이 다른 사람들 기분은 전혀 생각지도 않고 담배를 피워대는 맥거번 회장이 얄미운지 살짝 말을 박았다.

"알아, 알아! 놈들이 헛물켜는 꼴이 재미있어서 그래. 5집까지는 우리와 얘기가 다 끝났다는 것을 놈들은 죽어도 모를 테니까!"

"지금쯤은 소니 친구들도 대충 눈치챘을 겁니다. 하하하!"

"껄껄껄껄걸— 그런가?"

맥거번 회장의 웃음소리가 얼마나 큰지 EMA 사장실이 있는 LA다운타운의 30층짜리 건물인 EMA 뮤직홀이 마구 흔들렸다.

오랜만에 유니버설 맥거번 회장이 EMA에 나들이를 했다.

EMA 스튜디오에서 채나의 녹음 스케줄이 잡혀 있었기에 그 장면을 지켜보기 위해 뉴욕에서 LA까지 친히 날아 왔던 것이다.

그런데, 캔 프로 강·관장이나 한국의 매스컴들이 '메이저 음반 회사인 EMA' 어쩌고 하는 것은 약간 틀린 말이었다.

소위 레이블(Label)이란 조직이 있다.

가수들을 선발해서 키우고 음반을 만드는 프로덕션 회사다.

유니버설은 산하에 EMA 등 15개나 되는 레이블을 거느리고 있었다.

당연히 레이블들에게 막대한 돈을 투자했다.

세계 각국에 지사까지 두고 EMA 등 레이블들이 제작한 음반을 직접 유통하고 판매하기 때문이었다.

즉, 유니버설이 메이저 음반 회사였다.

EMA는 가수를 키우고 음반을 만드는 유니버설 산하에 있는 15개 하청회사 중에서 규모가 가장 큰 회사였고.

지난번 채나와의 계약도 표면적으로는 EMA가 나서서 했지만 채나에게 들어간 모든 돈은 단돈 1센트까지 유니버설에서 댔다.

결국 채나는 메이저 음반 회사인 유니버설과 계약을 한 셈이다.

"자아, 그럼 가서 채나 킴이 녹음하는 것을 지켜 보세나!"

"하하! 한발 늦으셨습니다, 회장님. 이미 채나 킴은 녹음을 다 끝냈습니다."

"……!"

시가를 재떨이에 비벼 끄던 맥거번 회장이 로빈슨 사장의
말에 눈이 커졌다.

"아, 아니, 나흘 전에 LA에 도착하지 않았나, 채나 킴? 음반
녹음 스케줄은 2주 동안이라고 했고?"

"단 이틀 만에 이번 앨범에 들어갈 12곡 전부를 깨끗이 마무
리했습니다."

정말 맥거번 회장은 한발 늦었다.

나흘 전, 중국 서녕시에서 EMA 전용비행기를 타고 미국
LA에 도착한 채나는 재깍 화이트 CIA 작전부장의 목을 벤(?)
후 곧바로 EMA 스튜디오로 와서 정규앨범 1집에 들어갈 노
래들을 녹음하기 시작했다.

타이틀곡인 허리케인 블루(Hurricane blue)부터 아름다운
너(Beautiful you), 하얀 해바라기(White sunflower), 딱 세 가지
소원(Just three wishes) 헤이 닥터(Hey doctor) 등, 록부터 힙합
까지 다양한 장르의 노래였다.

만 번을 연습한 노래는 한 번을 부르나 만 번을 부르나 똑같
다.

이 채나의 평소 지론대로 한 곡에 딱 한 번씩 불렀다.

청정고원에서 시전했던 그 가공할 사자후와 맹호포를 가득
담아서!

그리고 이틀 만에 녹음 부스를 떠났다.

"결과는?"

"이제부터는 당신이 말씀드릴 차례군!"

맥거번 회장이 채나의 정규앨범 녹음 결과를 묻자 로빈슨 사장이 미소를 지으며 동석한 EMA 전무이사 겸 총괄프로듀서인 데이브 CP를 바라봤다.

희끗희끗한 곱슬머리와 피부가 유난히 까만 남자였다.

실내에 있는 사람들 중 유일한 흑인이었다.

"결론부터 말씀드리면 이번 채나 킴의 앨범은 우리가 책정한 가격보다 적어도 세 배 이상은 더 받아야 정당한 가격이 될 듯싶습니다."

"오오오! 그 정도인가?"

데이브 CP가 서슴없이 단언을 했고 맥거번 회장이 탄성을 토했다.

"이번에 저는 채나 킴의 녹음 과정을 지켜보면서 팬들이 채나 킴에게 갓(God) 채나라고 부르며 광분하는 이유를 확실하게 깨달았습니다. 채나 킴은 신과 인간의 중간에 서 있는 교주가 분명합니다.

신과 인간의 중간에 서 있는 교주.

"……!"

데이브 CP가 채나를 신으로 몰고 가자 맥거번 회장이 일순 당혹했다.

맥거번 회장이 아는 데이브 CP는 조크조차 서투른 무뚝뚝한 남자였기 때문이다.

"모태 신앙인인 저는 지금까지 평생 동안 교회를 다녔습니다. 하지만 한 번도 50달러 이상 헌금을 한 적이 없습니다."

"난 10달러일세."

"큭큭큭!"

"한데, 채나 킴이 노래를 부르며 헌금을 하라고 한다면 1,000달러, 아니, 10,000달러, 어쩌면 전 재산을 모조리 바칠 수도 있겠다는 생각이 들더군요!"

"허어어어, 이거야?!"

"이번에 제가 들은 채나 킴의 목소리는 전에 한국에서 들었던 목소리가 아니었습니다. 어떻게 수련을 했는지 팬들이 말하듯 성령이 더욱 충만해져 있었습니다. 신의 목소리라는 표현이 결코 과장이 아니더군요."

"아아아, 됐네! 지금 채나 킴 어디 있나? 직접 들어봐야지 궁금해서 못살겠구만!"

"노래 연습실에서 크리스마스이브에 거행될 쇼케이스 콘서트 연습을 하고 있습니다."

성질 급한 맥거번 회장이 손을 저으며 데이브 CP의 발언을 중단시키고 질문을 하자 로빈슨 사장이 재빨리 대답했다.

어떤 상품이나 음반 등을 광고하는 행사를 쇼케이스라고 한다.

채나는 내년 1월에 발매될 정규앨범 1집을 광고하기 위해

크리스마스이브에 LA의 스테플스 센터에서 쇼케이스를 열기로 했다.

광고조차 필요 없었지만 팬들에게 제공하는 팬 서비스 차원의 행사였다.

"가세! 가서 신의 목소리를 들어봐야겠네."

"일단, 채나 킴의 목소리가 신의 목소리라는 증거부터 보고 가시죠, 회장님!"

유니버설의 또 다른 자회사인 세계 최고의 공연기획사라는 AAA의 토마스 사장이 정중하게 서류철을 내밀었다.

엉덩이를 반쯤 일으켰던 맥거번 회장이 다시 주저앉았다.

"이게 뭔가?"

"한 시간 전에 마감된 채나 킴의 월드 투어 티케팅 현황입니다."

"호오, 그래?"

"미국 80만 장, 중국 30만 장, 영국 20만 장, 독일 20만 장, 일본 30만 장, 호주 30만 장, 캐나다 20만 장, 러시아 20만 장 등, 총 8개국에서 동시에 발매한 250만 장의 티켓이 단 5분 만에 한 장도 남김없이 D석부터 VIP석까지 모조리 매진되었습니다."

"브라보! 브라보— 음반에 이어 또 한 번 초대형 잭팟이 터졌구만!"

"당연한 결과입니다. 채나 킴의 팬덤이 1억이니 2억이니 하는데 고작 몇백만 장밖에 안 되는 티켓쯤이야 간단히 해치우지 않겠습니까?"

"고, 고작 몇백만 장?!"

"후후후 네에!"

토마스 사장이 다리를 꼰 채 의기양양한 얼굴로 말을 뱉었고.

"더불어 120만 달러짜리 '채나 킴 월드 투어 골든티켓' 100장이 간단히 품절됐습니다. 데이브 전무가 말했듯 티켓값을 너무 싸게 책정한 것이 아닌가 하는 생각이 듭니다."

계속해서 돈 덩어리가 굴러 들어오는 소식을 전했다.

"자, 잠깐! 120만 달러짜리 '채나 킴 월드 투어 골든티켓' 은 또 뭔가?"

"죄송합니다. 제가 그동안 너무 바빠서 회장님께 보고드리지 못했습니다. 쉽게 말씀드리면 채나 킴의 월드 투어가 포함된 세계일주 크루즈 여행입니다. 아메리카 여행사와 합작한 상품이죠."

"채나 킴의 월드 투어가 포함된 세계일주 여행 상품이라? 호화여객선을 타고 세계 각국을 여행하면서 채나 킴의 모든 공연을 관람을 하는 거구만!"

"그렇습니다, 회장님!"

다시 로빈슨 사장이 나서서 보충 설명을 했다.

"빌어먹을! 그런 여행 상품이 있다는 것을 알았으면 내가 제일 먼저 신청했을 텐데 아쉽구만."

"핫핫핫! 후후후!"

맥거번 회장이 채나의 월드 투어 골든티켓에 군침을 삼키자 로빈슨 사장 등이 폭소를 터뜨렸다.

"사실, 며칠 전까지 조마조마했습니다. 과연 이 120만 달러 짜리 '채나 킴 월드 투어 골든티켓'이 팔릴까 하고 말입니다."

"그래서 한정 판매로 딱 백 장만 내놨죠! 빛의 속도로 품절되는 것을 보고 아차 했습니다. 확실히 저나 회장님이나 채나 킴의 능력을 과소평가했습니다."

"알겠네! 곧 임원회의를 열어서 그 문제를 의논해 보도록 하세."

맥거번 회장이 더 이상 참지 못하겠다는 듯 대충 대꾸하며 자리를 박차고 일어났다.

"월드 투어 티켓까지 매진됐다는 소식을 들으니 채나 킴이 더욱 보고 싶군."

"하하하! 서두실 필요 없습니다. 채나 킴의 연습시간은 오늘 오후 6시까지입니다."

로빈슨 사장이 웃으면서 자신의 책상 쪽으로 다가갔고.

"열심히 연습하고 있군요."

책상을 살펴보며 고개를 주억거렸다.

"뭔가? CCTV인가?"

"예! 회장님께서 만나보고 싶어 하는 채나 킴입니다."

로빈슨 사장의 책상 위에 수십 개의 모니터가 놓여 있었다.

30층짜리 EMA 뮤직홀의 곳곳을 비추는 감시카메라 CCTV였다.

그중 한 모니터에 채나가 어떤 넓은 방에서 노래를 부르는 모습이 떠 있었다.

밴드 팀과 코러스 팀까지 어울려 수십 명이 모여 연습을 하는 광경이었다.

"…이 사람들은 뭐야? 왜 여기 있는 게야?"

멕거번 회장이 떫은 표정으로 채나가 비춰지는 화면 옆의 모니터를 가리켰다.

컨트롤 룸 바로 좌측에 위치한 인테리어가 잘된 휴게실이었다.

"이번에 저희 회사에서 새롭게 런칭한 신상품입니다."

"신상품?!"

"예! 저분들은 회장님처럼 채나 킴의 연습 장면을 직접 보기 위해서 오신 VIP들입니다. 일인당 1만 달러를 지불하셨습니다."

"채, 채나 킴의 연습 장면을 보기 위해서 한 사람이 1만 달러씩을 냈단 말인가?"

"그렇습니다. 미세스 월튼께서 하도 부탁하시기에 귀찮아서 1만 달러를 내시면 채나 킴을 뵙게 해드리겠습니다 했다가 저런 식으로 진화된 아주 짭짤한 상품입니다."

"미세스 헬렌 월튼이라면… 슈퍼마켓 재벌인 월마트의 그 교활한 할망구?"

"하하하 예! 회장님께서도 잘 아시는 세계 제일의 부자 할머님이시죠. 채나교의 광신도시고!"

"흐음… 저 사람들은 채나 킴이 어떤 신통력이 있다고 믿는 거구만. 뭐 그러니까 연습 장면 하나 보는데 1만 달러씩이나 지불했겠지!"

"거기까지는 모르겠습니다만 채나 킴을 대하는 태도로 봐서 평범한 가수나 연예인으로 생각하는 것 같지는 않았습니다."

"하여튼 채나 킴은 여러 가지로 매력적인 친구야. 자넨 매력적인 장사꾼이고!"

"회장님께 비하면 한참 부족합니다."

"껄껄껄! 하하하!"

맥거번 회장과 로빈슨 사장이 다시 마주 보고 분칠을 해줬다.

계속해서 지갑에 돈이 가득가득 채워졌기 때문이다.

띵똥!

이어 로빈슨 사장이 벽에 붙은 버튼을 눌렀다.

EMA 사장실 전용 엘리베이터였다.

맥거번 회장이 흐뭇한 얼굴로 먼저 엘리베이터에 올라탔다.

실제로, 미국이나 일본 등지에서는 스타를 이용해 아주 다양한 장사를 한다.

팬사인회든 팬미팅이든 어떤 행사를 하든 공짜는 없다.

모조리 돈을 받는다.

개나 새 같은 동물하고 사진을 찍는 데도 돈을 받는 판인데 스타를 이용해 장사를 한다고 해서 특별히 불만은 없지만 그 정도가 너무 심했다.

"하면 나도 지금 저 휴게실에 내려가 채나 킴을 만나려면 1만 달러를 내야 하나?"

"물론입니다."

맥거번 회장이 농담처럼 물었고 로빈슨 사장이 진지하게 대답했다.

"카드도 받나?"

"회장님은 특별히 6개월 할부로 해드리겠습니다."

"너무 고마워서 눈물이 다 나려고 하네그려."

"모두 회장님께 배운 기술입죠."

"껄껄껄껄!"

맥거번 회장이 호탕하게 웃으며 로빈슨 사장과 함께 엘리베이터에서 내렸다.

Hey doctor! 혹시 거기 하얀 가운을 걸친 아저씨? 닥터신가요?
Hey doctor! 너는 나의 빛이다 나의 사랑아!
Hey doctor! 너는 나의 행복이다 나의 사랑아!

채나의 특유의 맑고 차가운 목소리가 실내에 울려 퍼졌다.

채나의 정규앨범 1집의 7번 트랙에 실린 '헤이 닥터(Hey doctor)'였다.

채나가 뒤우뚱 거리며 코믹한 오리 춤을 추면서 부른 댄스곡.

어릴 때 케인과 장난을 쳤던 기억을 떠올리며 만든 노래였다.

채나의 정규앨범 1집 발매가 시작된 그다음 주.

타이틀곡인 '허리케인 블루'를 2위로 밀어내고 빌보드 차트 1위에 등극한 노래.

전 세계 청소년들이 채나의 오리 춤을 흉내 내며 불렀다.

가수 채나 킴의 아성을 그 누구도 무너뜨릴 수 없을 만큼 단단하게 쌓아준 노래였다.

훗날 한국에서는 초등학교 교과서에 실렸다.

십여 명의 백인 노인이 고급 가죽 소파에 편안하게 앉아 대형 통 유리창을 통해 부스 안에서 채나가 노래 부르는 모습을 흐뭇한 표정으로 지켜봤다.

스피커에서 흘러나오는 'Hey doctor!'를 들으며.

"……!"

그때, 로빈슨 사장과 함께 휴게실로 들어오던 맥거번 회장이 움찔했다.

노인들의 얼굴이 너무 평화로웠기 때문이다.

숲 속에서 노래를 부르는 요정에게 홀린 모습이라고나 할까?

딸깍!

휴게실 문이 열리며 채나가 불쑥 들어섰다.

"OH! MY GOD—"

"오오오— 하느님!"

노인들이 입을 헤벌리며 반가움과 놀라움이 뒤섞인 기성을 토했다.

채나가 휴게실을 방문한다는 예고는 없었다.

"헤헤헤, 미안, 미안!"

채나가 특유의 맹한 웃음을 터뜨리며 사과의 멘트를 날렸고.

"오래 기다렸지, 헬렌?"

나이가 가장 많아 보이는 주름이 쪼글쪼글한 할머니에게 다가갔다.

"NO! NO! 우리가 교주님의 노래 연습을 방해했나요?"

헬렌이 인자한 미소를 띤 채 세계 제일의 부자 할머니답지 않게 겸손하게 말했다.

맥거번 회장이 슈터마켓 재벌가의 교활한 할망구라고 깠던 그 미스 헬렌 월튼.

미국의 수많은 부자처럼 헬렌도 여기저기 엄청난 기부를 해왔다.

그런 과정에서 사격선수 채나 킴을 오랫동안 후원하면서 열렬한 팬이 됐다.

미국사격협회 페이지 회장에 버금가는 채나교의 광신도였고.

EMA의 로빈슨 사장에게 120만 달러짜리 '채나 킴 월드 투어 골든티켓'의 아이디어를 제공한 사람도 이 할머니였다.

"무슨? 근데 헬렌, 어디 아파? 얼굴이 좋지 않은데!"

"늙으면 늘 이렇답니다."

"OK! OK! 아프면 안 돼."

채나가 헬렌을 꼭 안으며 키스를 했다.

"그래야 앞으로도 오십 년쯤 나를 쫓아다니며 응원해 줄 거 아냐?"

"오호호호! 오십 년씩이나요?"

"백 년은 좀 지루하잖아?"

"저는 백 년도 괜찮은데요. 오호호호!"

"허허허헛! 껄껄껄껄!"

휴게실에 모여 있던 노인들이 일제히 웃음보를 터뜨렸다.

채나는 엄마, 아빠가 아닌 쨍 할아버지 내외의 품속에서 컸다.

덕분에 노인들의 비위를 아주 잘 맞췄다.

친할아버지인 김집 교장이나 박지은의 아버지인 박효원 박사 최강일 회장 등이 채나라면 죽고 못 사는 데는 다 이유가 있다.

"오우! 우리 찰톤 헤스톤께서도 오셨네!"

"어허허허! 예나 지금이나 나를 찰톤 헤스톤으로 불러주는 분은 우리 교주님밖에 안 계시구먼!"

채나가 아주 잘생긴 팔십대 금발 노인과 반갑게 포옹을 했다.

찰톤 헤스톤은 올드팬이라면 누구나 다 아는 미국의 유명한 영화배우다.

채나는 이렇게 농담도 하고 때로는 노인들의 별명도 부르면서 한 사람, 한 사람 다정하게 포옹을 해줬다. CD에 사인도 해줬고.

무뚝뚝한 성품의 채나가 정치가가 되면서 팬들을 대하는 달라진 모습이었다.

"……!"

바로 그때였다.

저편에서 지켜보던 맥거번 회장의 눈이 휘둥그레졌다.

'이, 이게 어찌 된 일이지? 채나 킴이 진짜 인간이 아닌 신인가? 채나 킴 팬들 말처럼 인류를 구원하러 외계에서 날아온 메시아야?!'

맥거번 회장의 눈이 휘둥그레질 만했다.

신기하게도 방금 전까지 병색이 완연했던 헬렌 등의 얼굴에서 화색이 감돌았기 때문이다.

즐기는 와인을 한 잔 마신 듯 얼굴색이 불그스레해졌다.

정작, 맥거번 회장이 기절초풍한 것은 그다음이었다.

"뭐야? 왜 메어리는 휠체어에 앉아 있나?"

채나가 개구쟁이 미소를 띤 채 휠체어에 앉아 있는 은발의 노파 메어리에게 다가갔다.

꼭 손녀가 할머니에게 장난을 치는 듯했다.

"교주님을 뵈었으면 일어서서 인사를 해야지! 무엄하게 앉아 있어?"

채나가 눈을 가늘게 뜨며 목소리를 깔았고.

"스탠드 업 프리즈, 메어리! 어서 일어나, 메어리!"

양손을 활짝 벌리며 빽 소리쳤다.

찰나, 휠체어에 앉아 있던 메어리가 자신도 모르게 벌떡 일어섰다.

"아아아악! 메어리가 일어섰어?!"

"오오오오, 신이시여! 삼십 년 동안이나 휠체어 앉아 있던 메어리가 일어섰습니다."

헬렌을 비롯한 노인들이 마구 기성을 질렀다.

"컴온! 컴온! 이리 와! 메어리가 사랑하는 교주야. 내가 여기 있잖아?"

채나가 흡사 엄마가 걸음마를 배우는 딸에게 하듯 손짓을 하며 소리쳤다.

메어리가 비틀비틀 채나에게 다가갔다.

콱!

채나가 노파를 꼭 끌어안았다.

"아주 잘했어, 메어리! 정말 훌륭해, 메어리!"

채나가 환하게 웃으며 칭찬을 했고.

"아후후후후― 사랑하는 우리 교주님!"

메어리가 온몸을 덜덜 떨며 눈시울을 붉혔다.

삼십 년 전에 교통사고를 당해 장애자가 된 메어리 기네스.

미국의 유명한 여성 변호사였다.

역시 사격선수 채나 킴의 팬이었고 후원자 중에 한 사람이었다.

짝짝짝! 삑삑삑!

헬렌 등 노인들이 어린아이들처럼 정신없이 박수를 치며 휘파람을 불어댔고.

"오 마이 갓! 신이시여!"

"이런 세상에! 세상에! 메어리가 휠체어에서 일어나 교주님께 걸어갔어?"

"걷기를 포기했던 메어리가?!"

기성이 넘어서 괴성을 질러댔다.

"멋있다, 메어리! 봐봐! 이렇게 걸을 수 있잖아?"

"모두… 모두… 교주님의 은덕입니다!"

"에헤헤헤, 무슨 바보 같은 소리야? 메어리는 원래 걸을 수 있었어. 그동안 꾸준히 치료를 해서 몸이 완치된 거야. 지레 겁을 먹고 실행하지 못했던 거고!"

"흑흑흑, 신이시여! 흑흑흑, 우리 교주님!"

이번엔 메어리가 부들부들 떠는 손으로 채나를 꼭 안고 흐느꼈다.

"헤헤헤, 그래그래! 마음 푹 놓고 울어. 메어리가 사랑하는 교주가 옆에 있잖아."

채나가 메어리의 등을 부드럽게 토닥였다.

…….

갑자기 실내 분위기 숙연해졌다.

정말 신 내림을 받은 어떤 교주가 교도에게 은총을 내린 듯했다.

"……!"

맥거번 회장이 충격을 받고 눈을 껌벅거렸다.

"채, 채나 킴… 혹시 신 아닌가? 인간의 모습으로 위장한
신?"

"하하! 글쎄요? 신치고는 너무 예쁘고 귀엽군요."

로빈슨 사장이 만면에 미소를 가득 띠었고.

"확실한 것은 내일부터 이 상품의 가격을 따따블로 올려야
된다는 사실입니다."

장사꾼답게 재빨리 결론을 내렸다.

정말, 사기 치기에 딱 좋은 장면이었다.

이 유명한 여성 변호사인 메어리 할머니는 교통사고를 당해
척추를 다쳐 삼십여 년 동안이나 휠체어 신세를 졌다.

집안이 부유했기에 병원을 다니면서 케인만큼이나 저명한
의사들에게 꾸준히 치료를 받아왔다.

덕분에 채나 말대로 허리가 완치 단계에 이르렀고.

바로 그때, 교주라고 부를 만큼 사랑하는 채나가 자신을 독
려하면서 걸으라고 소리치자 얼떨결에 채나에게 다가가려고
일어섰던 것이다.

채나가 신통력을 부린 것이 아니라 현대의학의 힘이었다.

물론, 채나의 기가 영향을 끼친 것은 사실이었지만!

미국 최고의 장사꾼이라는 유니버설의 맥거번 회장이나
EMA 로빈슨 사장이 이 호재를 놓칠 리가 없었다.

채나의 MV, 뮤직비디오에 이 장면을 삽입시켰다.

채나가 두 손을 모아 부르자 앉은뱅이 메어리가 벌떡 일어서서 걷는 모습을!

이 장면이 실제로 있었던 일이라고 입에서 입으로 퍼지면서 채나는 완전한 신이 됐다.

채나의 고향인 미국의 LA.

도착한 지 나흘째 되던 날 벌어진 기적이었다.

6장

로스앤젤레스

미국의 대도시 중에서 한국인에게 가장 잘 알려진 곳은 어딜까?

두말할 나위 없이 천사의 도시 로스앤젤레스, 남가주 LA다.

LA에 거주하는 사백여 만 명의 사람 가운데 한국인이 무려 팔십만 명이 넘는다니 더 이상 무슨 말이 필요하랴.

서울특별시 나성구라는 말이 허언이 아니었다.

아열대성 기후로써 사람 살기에 더없이 좋다는 이 도시는 영어를 전혀 모르는 한국인도 충분히 생활할 수 있다고 한다.

하도 귀에 익어서 그럴까?

LA하면 서울 근교의 작은 도시 같은 느낌이다. 무시무시한 착각이다.

세계 최고의 부국이라는 미국에서도 뉴욕 다음 가는 도시였
다.

아름다운 저녁노을이 LA를 예쁘게 물들일 때.

유명한 미국 자동차 회사인 GM에서 생산한 하머H1, 우리
나라에는 험비로 더 잘 알려진 군용장갑차를 방불케 하는 초
대형 SUV 승용차 두 대가 최고급 승용차인 검은색 벤츠 600을
호위한 채 LA 시내를 빠져나갔다.

채나가 한미래의 성화에 못 이겨 그 바쁜 시간을 쪼갰다.

EMA에서 제공한 차량에 방그래와 한미래의 매니저인 임연
주와 구경아 코디 등 이십여 명의 스텝을 태우고 LA 관광에 나
선 것이다.

이게 괜히 따라와서… 짜증나! 니들끼리 싸돌아다녀—

옛날 사격선수 채나나 가수 채나였다면 틀림없이 이렇게 소
리를 질렀다.

하지만 지금은 정치가 채나였다.

정치가는 이웃집 어린애가 울어도 분유를 사서 방문해야 한
다.

어쩔 수 없이 적성에 맞지 않는 LA 관광 가이드가 됐다.

알다시피 술 권하는 사회인 한국과 달리 미국은 총 권하는
사회다.

일단, 완벽하게 무장을 해야 했다.

사우스 LA 센트럴 지역.

끽!

1992년 흑인 폭동이 처음 발발했던 지역의 중심부인 플로렌스 차도 위에서 채나 일행을 태운 차량이 멈췄다.

"넌 차 안에 있으라 했지?"

LA 다저스 점퍼와 모자를 쓴 채나가 벤츠에서 내리며 인상을 썼다.

"궂은 일, 슬픈 일 함께 겪어. 때지 언니야!"

한미래가 입술을 삐쭉이며 철학적으로 대답했다.

"홋! 알았다. 대신 방 부장 옆에 꼭 붙어 있어."

채나가 잇새로 웃으며 졌다는 듯 몸을 돌렸고.

"해해해! 난 그저 울 빵 언니만 믿어."

한미래가 귀엽게 웃으며 검은색 선글라스를 써서 남자인지 여자인지 구분이 되지 않는 인간 공룡 방그래 옆에 찰싹 매달렸다.

외계인이 걱정을 할 만큼 지금 채나가 가는 동네는 살벌했다.

차박차박!

채나가 거침없이 걸음을 옮겼다.

기다렸다는 듯 양복을 걸친 다섯 명의 사내가 채나를 에워쌌다.

채나의 경호팀원들, 설악산부대 출신인 예비역 중사 모영각과 사신 염성룡 등이었다.

……

기분 나쁠 만큼 조용한 동네였다.

대낮임에도 불구하고 몇몇 흑인 노숙자가 술인지 약인지 모르는 뭔가에 취해 널브러져 있었고 히스패닉계로 보이는 서너 명의 남자가 길거리에 모여앉아 술을 마셨다. 집집마다 온통 철창으로 에워싸여 있었고.

할리우드 영화에서 나오는 미국 빈민가 풍경.

딱 그 모습이었다.

뭐, 세계 어느 나라든 대도시는 두 얼굴을 갖는다.

하늘을 찌르는 마천루, 화려한 네온사인, 명품으로 치장한 멋쟁이들…….

그 뒷골목에는 가난한 삶과 팽개친 죽음이 존재한다.

내일을 기약할 수 없는 암울함이 끝도 없이 드리워져 있다.

세계 십대 도시 중 하나라는 이 LA도 예외는 아니다.

띠리리링!

채나가 낙서투성이인 허름한 이 층 건물 앞에 서서 벨을 눌렀다.

어느 교도소의 대문을 연상케 하는 녹이 잔뜩 쓴 철문 앞이었다.

철컹!

폭이 겨우 20센티나 될 듯한 쪽문이 열렸다.

"……."

그저 쪽문이 열렸을 뿐 어떤 소리도 들리지 않았다.

"채나야!"

채나가 쪽문에다 대고 아주 짧게 말을 했다.

"째, 째나?! 오우 갓 뎀— 선 오브 비치!"

갑자기 쪽문 안에서 욕설이 터져 나왔다.

꾸르르웅!

요란한 소리와 함께 철문이 열렸다.

채나가 서슴없이 철문 안으로 들어섰고.

모 중사 등이 지체없이 채나를 쫓아갔다.

짝!

채나와 한 손에 권총을 쥐고 있는 방그래만큼이나 거대한 체구의 흑인 청년이 반갑게 하이파이브를 했다.

"잘 있었어, 탐?"

"오우 마이 갓! 다시는 못 볼 줄 알았는데……"

"헤헤헤, 짜식!"

채나가 웃으면서 주먹으로 탐의 가슴을 툭툭 쳤다.

"같이 일하는 우리 동료들! 그리고 여기는 내 초딩 친구인 탐!"

채나가 탐과 모영각 등에게 서로를 소개했다.

채나는 흑인들만 다니는 초등학교.

동양인과 히스패닉만 다니는 중학교.

백인만 다니는 고등학교.

온갖 인종이 몽땅 모이는 대학교를 졸업했다.

모든 인종과 친해지고 그들의 속성을 깊숙이 이해할 수 있도록 하기 위해서 짜낸 짱 할아버지 나름의 심모원려한 작전이었다.

짱 할아버지는 장차 채나가 미국 대통령이 되길 원했다.

그래 봤자 채나는 온갖 과외 공부에 매달리느라 초등학교는 하루, 중학교는 이틀, 고등학교는 사흘밖에 다니지 못했지만 말이다.

"크크크, 그래! 웬일이냐? 월드스타께서 이 시궁창까지 무슨 일로 찾아왔지?"

탐이 뚱뚱한 뱃살을 흔들며 입을 열었다.

"이 시키가? 친구가 왔는데 대접할 생각은 안 하고 왜 왔냐고?"

채나가 눈을 가늘게 뜨며 주먹을 움켜쥐었다.

"초딩 때처럼 한 게임 뛰어볼까?"

"노노! 들어가! 빨리 안으로 들어가자고!"

탐이 채나의 살벌한 성품을 익히 아는 듯 손을 잡아끌었다.

다시, 철창으로 만들어진 문을 열리고.

채나와 탐 등이 담배와 술 냄새로 찌든 어둠침침한 복도를 걸어갔다.

꼭 무서운 감옥으로 들어가는 복도 같다.

저 끝에 문신투성이의 죄수들이 우글거리고!

한미래와 임연주가 허옇게 질린 표정으로 이런 생각을 했고.

꾸르릉!

마지막 철문이 열린 실내에는 정말 한미래와 임연주의 상상대로 죄수들과 흡사한 흑인 청년들이 카드와 술병, 담뱃갑 등이 널려져 있는 테이블 앞에서 엉거주춤 서 있었다.

"하이! 아주 재미있게 놀고 있었네."

채나가 마치 이웃집에라도 놀러온 듯 가볍게 인사를 하며 소파에 주저앉았다.

한미래 등은 최대한 문 앞에 붙어 있었고.

"큭큭! 인사해! 내 베스트 프렌드 채나 킴이야. 니들도 잘 알지? 세계적인 가수 채나 킴!"

"오 마이 갓!"

"지, 진짜 채나 킴이잖아? 채나 킴! 채나 킴이야!"

탐이 채나를 소개하자 흑인 청년들이 입을 딱 벌린 채 어쩔 줄을 몰랐다.

"큭큭큭, 씹새끼들! 내가 그렇게 말할 때는 믿지 않더니? 어떠냐, 개새끼들아?

채나 킴이 직접 날 찾아왔잖아! 내 친구 맞지? 큭큭큭큭—"

탐이 채나가 온 것을 자랑하고 싶은 듯 거대한 덩치를 씰룩대며 마구 소리쳤다.

"하이! 실버야."

"난 스트리트! 얘는 골드야!"

흑인 청년들과 채나가 반갑게 악수를 나눴다.

"헤헤헤, 반갑다.ㆍ몽땅 낯익은 얼굴들이네. 특히 스트리트, 너!"

"흐흐흐, 그래! 옛날에 탐이랑 코리아타운에서 몇 번 만났었지."

"맞아! 근데 왜 포먼하고 딕은 안 보여?"

채나가 옛날 친구들이 생각난 듯 이름을 줄줄이 불렀다.

"크큭, 십 년 뒤에나 볼 수 있을 거다. 연방 교도소에 있거든!"

"병신들!"

탐이 어깨를 으쓱하며 대답을 했고, 채나가 인상을 쓰며 주먹으로 탁자를 두드렸다.

이곳에 모여 있는 흑인청년들은 채나의 초등학교 동창들이었다. 가까웠던 친구 몇 명이 교도소에 들어갔다고 하자 괜히 화가 났던 것이다.

미국 연방 교도소.

우리나라 교도소와는 차원이 다르다.

한인 중에서 유명한 사람이 미국 연방 교도소에 들어갔다 나온 뒤 '정글'이라는 표현으로 소감을 대신했다.

어떤 사람은 정글로도 부족해서 원시 동물들이 날뛰는 '쥐라기 공원'이라고 했다.

또 어떤 사람은 '지옥의 깨끗한 버전'이라고도 했고.

"지금도 장사하지, 탐?"

"큭! 잘 안 돼."

"괜찮은 물건 몇 개 줘!"

"정말?"

"싫으면 가고."

"채나, 넌 이게 나빠. 왜 이렇게 성질이 급한 거야!"

탐이 몸을 돌리는 채나를 재빨리 잡았다.

그리고 스트리트에게 눈짓을 했다.

드드륵!

스트리트가 저쪽 벽에 놓여 있던 큼직한 초대형 냉장고를 밀었다.

"웰컴, 갓 채나! 우리 샵에 잘 오셨습니다. 어떤 물건을 드릴까요?"

안경잡이 흑인 청년이 수백 정의 갖가지 총기가 진열된 무기고 앞에서 서서 손에 든 AK47 자동소총을 흔들었다.

그랬다.

이곳은 흑인 갱스터들이 비밀리에 무기를 거래하는 총포상이었다.

그 갱스터 중 몇 명이 채나의 초등학교 친구들이었고.

"글록19 자동권총 열한 정."

글록19 자동권총은 오스트리아 제 총으로 경호원이 많이 사용하는 유명한 제품이다.

"준비 돼 있습니다."

채나가 서슴없이 권총을 주문을 했고 안경 쓴 흑인 청년이 메모를 하며 대답했다.

"AK47, 아니, AK74 자동소총 두 정. M16A4 두 정, 그리고……."

계속해서 채나의 주문이 이어졌고.

"미니 UZI도 몇 정 주문하시죠, 회장님!

"M9 나이프 스무 자루는 꼭 필요합니다."

모 중사와 염성룡이 끼어들며 이스라엘제 자동소총과 미제 군용 나이프를 거론했다.

사신 염성룡은 대한민국 해병특수수색대에서 사 년을 복무했다.

"좋아! 그럼 우지 넉 정하고 M9 군용나이프 스무 자루!"

"네네! 또 필요하신 물건은?"

"방탄복 엑스라지 열 벌, 화이브 엑스라지 두 벌, 총알은 각각 이천 발씩. 이상 끝."

채나가 평소 성질대로 번개같이 주문을 끝냈다.

알다시피 채나는 대학교 시절 미 중부군 사령부에서 사격술 알바를 했다.

이곳에 있는 모든 총기를 다룰 줄 알았다.

스노우 이름만큼이나 친근했고.

"감사합니다. 글록 19 열한 정, 미니 우지 넉 정, 방탄조끼……."

안경 쓴 흑인 청년이 메모지를 살펴보며 확인을 했고 탐이 진열대에서 총기들을 찾아 빠르게 탁자 위에 올려놨다.

"모두 얼마야?"

"잠시만요!"

흑인 청년이 콩 튀듯 계산기를 눌렀다.

"여기 있습니다. 갓 채나!"

얼른 채나에게 계산기를 건넸다.

"다시!"

채나가 계산기를 힐끗 본 후 손을 저었다.

"아시겠지만… 요즘 물건값이 많이 올랐습니다."

흑인 청년이 머리를 북북 긁으며 다시 계산기를 두드렸다.

"여기!"

"다시!"

채나가 흑인 청년이 내민 계산기를 보지도 않고 캔슬시켰다.

휙!

탐이 우거지 인상을 쓰며 계산기를 낚아챘다.

"채나야! 이 정도면 싸게 주는 거야."

탐이 눈치를 보며 다시 채나에게 계산기를 디밀었다.

"장난해? 무슨 미니 우지를 1,000달러씩이나 받아, 시키야? 500이면 공장에서 방금 나온 뜨끈뜨끈한 놈을 살 수 있는데!"

"그, 그게 그렇지 않다니까! 지금은 옛날처럼 물건들이……."

"다섯 개 줘, 방 부장!"

"옛! 회장님."

"……!"

채나가 탐의 말을 씹으며 방그래에게 돈을 지불할 것을 명령했다.

다섯 개는 미화 5만 달러의 채나식 표현이다.

방그래가 가방에서 100달러 지폐로 묶여진 만 달러 뭉치 다섯 개를 꺼내 탐 앞에 내려놨다.

"세 개는 물건값, 두 개는 교도소에 있는 포먼과 딕에게 전해 줘!"

"고맙다! 그래도 친구밖에 없네."

"면회 가지 못해서 미안하다고 전하고!"

"OK! OK!"

채나가 말을 끝내는 것과 동시에 탐에게 손을 흔들며 돌아섰고.

"병신들! 그렇게 공부하기 싫어하더니 졸업한 뒤에 학교를 또 갔네? 바이!"

기분이 좋지 않은 듯 툴툴거렸다.

한미래와 임연주가 잽싸게 따라 붙었고.

피휴! 살았다.

이제 흑형들이 지배하는 감방에서 나가는구나!

두 사람의 머릿속에 이런 생각이 맴돌았다.

채나는 이런 사람이었다.

허가받은 총포상에 가지 않고 흑인 갱스터 소굴에 가서 무기를 구매했다.

그것도 정가보다 훨씬 비싼 값으로 샀다.

초등학교 친구가 무기밀매상이라는 이유 하나 때문에!

*   *   *

스르릉!

잠시 후, 갱스터 소굴에서 구입한 무기들로 경호팀을 완전 무장시킨 채나가 차를 돌렸다.

미국은 한국과 달라서 치안 상태가 만만찮은 나라다.

어느 도시에 가든 뚜벅이보다 자동차로 움직이는 게 좋다.

되도록 밤에는 방콕하는 게 건강한 관광의 지름길이었고.

지금 채나 일행처럼 많은 숙녀가 관광을 나설 때는 더욱 그렇다.

사우스 플로렌스 지역을 빠져나온 채나는 LA를 관광하는 한국인들의 코스가 대부분 그렇듯 먼저 코리아타운으로 일행을 안내했다.

한인 상가들이 즐비하게 늘어서 있는 올림픽 가였다.

"저기 사람들이 모여 있는 3층 건물 보이지? 옥상에 '용한 한의원'이라는 간판이 걸려 있는 곳."

"으응!"

채나가 차창 밖으로 손짓을 하자 한미래가 귀엽게 고개를 주억거렸다.

"저기가 내가 살았던 집이야. 할아버지랑 할머니, 그리고 오빠랑 같이 살았지. 할아버지가 돌아가신 뒤에 팔았어. 할머니는 콜로라도의 별장으로 가셨고!"

"그럼 여기 LA에 때지 언니 친척들이나 친구들은 없는 거야?"

"친구들이야 제법 많지. 아까 만난 흑형 등등. 친척은 아무도 없어. 엄마는 볼티모어에 오빠는 보스톤, 할머니는 콜로라도에 계시니까!"

"치이! 고향이라고는 하지만 LA에 오기도 좀 그렇겠다. 딱히 묵을 곳도 없고."

"맞아. 근데 대체 무슨 일이지?"

채나가 궁금한 듯 한미래와 대화를 나누다가 차창 밖으로 고개를 빼고 예전에 자신이 살던 집을 쳐다봤다.

"우리 옛날 집에 불이 났나? 왜 사람들이 저렇게 많이 모여 있지? 연주 데리고 살짝 갔다 와봐, 방 부장!"

"예! 회장님."

조수석에 타고 있던 방그래와 임연주가 차에서 내렸다.

"진짜 서울특별시 나성구라는 말이 실감 나네. 거리가 몽땅 한글 간판으로 뒤덮여 있어, 언니?"

"응! LA를 떠난 지 몇 년 안 됐는데 그사이에 코리아타운이 엄청 넓어졌어."

한미래와 채나가 길가에 늘어선 한글 간판에 감탄을 할 때.

방그래와 임연주가 다시 차로 올라왔다.

"후후! 채나 언니 집 앞에 재미있는 간판이 서 있어요."

임연주가 웃으면서 입을 열었다.

"재미있는 간판!?"

"네! '대한민국의 국보 세계 탑 엔터테인먼트 김채나 생가' 이런 입간판이에요."

"무슨 김채나 생가야?! 난 뉴욕의 한 산부인과 병원에서 태어났다고."

"에헤헤헤! 김채나 생가? 때지 언니가 무슨 위인 같다. 김채나 생가? 진짜 재미있어."

한미래가 김채나 생가라는 말을 듣고 뒤집어졌다.

생가는 꼭 태어난 집을 말하지는 않는다.

대개 태어나고 자란 집을 생가라고 한다.

"으흐흐! 더 재미있는 건 사진 촬영은 5달러, 집 전체를 돌아보는 데는 10달러랍니다. 10인 이상의 단체는 20% 디스카운트를 해주고요."

방그래가 웃음을 참으며 말했다.

"그럼 저기 모여 있는 사람들이 모두 관광객이야?"

"예! 대부분 채나교도이에요. 열심히 사진을 찍고 있어요."

"어떤 아주머니는 두 손을 모으고 절을 하든데요."

임연주와 방그래가 사람들이 잔뜩 모여 있는 '김채나 생가' 현장을 보고했다.

"쳇! 김채나 생가라구? 내가 나라를 세웠어? 독립운동을 했어?"

"사진 촬영은 5달러? 집 구경하는 데는 10달러? 진짜 외계인 된다!"

"깔깔깔! 후후후!"

채나가 어이가 없다는 듯 툴툴대자 한미래 등이 자지러졌다.

"야, 방 부장! 가서 티켓 끊어. 우리 식구가 스무 명쯤 되니

까 할인 왕창 받고! 그래도 우리 옛날 집까지 왔는데 사진 한
방은 찍어줘야지."

"알겠습니다. 회장님!"

"모두 내려! 여기서 사진 찍고 박 대감네로 가서 소갈비 먹
고 비버리힐즈 구경 가자고."

"예! 회장님."

"지금 내리고 있어요."

채나가 차에서 내리며 소리치자 구경아 코디 등이 씩씩하게
대답했다.

"근데, 이거 말 되냐? 김채나가 제 집에 와서 사진을 찍는데
돈을 내야 돼?"

"깔깔깔깔! 우후후후!"

채나가 너스레를 떨자 한미래 등이 다시 뒤집어졌다.

채나가 한미래 등과 함께 늠름하게 '김채나 생가' 쪽으로
걸어왔다.

제2의 피부가 된 선글라스조차 쓰지 않고.

미국이었기에 한국에서처럼 팬이 많지 않으리라 예상했기
때문이다.

아주아주 잘못된 예상이었다.

채나는 한국으로 떠나기 전에 이미 미국에서는 유명한 스포
츠 스타였다.

또, 채나는 잊어버렸다.

왜 일본 하네다 공항 관계자들이 공항이 무너질 것을 걱정

했는지.

왜 중국 서녕시 근교의 가축시장에 갔을 때 야크 떼 속에 숨어서 호텔로 돌아왔는지.

왜 미국 LA 국제공항에 도착했을 때 CNN 등이 생중계를 했는지.

이제 채나는 선도의 화후가 최극성에 이르러 깜깜한 밤에도 빛을 뿜을 만큼 엄청난 아우라를 풍겼다.

게다가 여기는 채나가 초등학교부터 대학교까지 보낸 고향이었다.

결정적으로 여기는 미국의 LA가 아니었다.

한인들이 80만 명이나 산다는 대한민국 서울특별시 나성구였다.

"꺅야야야야— 교주님이시다!"

"어머, 어머, 어머! 정말, 정말, 정말! 채나 교주님께서 납시었어!"

"음반 녹음하러 LA에 오셨다더니 진짜였네!"

번쩍! 번쩍!

'김채나 생가' 앞에서 사진 촬영에 여념이 없던 채나교도들이 일제히 카메라를 채나 쪽으로 돌렸다.

"아후후후후후, 우리 교주님!"

"여기 사인! 여기 인증 샷!"

"OK, OK! 줄! 줄줄줄!"

채나가 쓴웃음을 머금으며 손을 들었다.

"네네 줄! 줄! 줄!"

"줄줄줄 줄줄줄 서세요."

채나교도들이 줄을 외치며 길게 줄을 서기 시작했다.

구라를 좀 섞어서 코리아타운을 두 바퀴 반쯤 돌아가는 줄이었다.

방그래가 재빨리 자동차 트렁크에서 의자를 가지고 왔다.

채나가 의자에 앉았고 모 중사를 비롯한 경호원들이 채나를 에워쌌다.

"쩝쩝쩝! 박 대감네 소갈비는 내일 먹자! 방 부장."

"으흐흐흐, 알겠습니다, 회장님!"

졸지에 LA 코리아타운 '김채나 생가' 앞에서 채나 사인회가 시작됐다.

언제 끝날지 모를 사인회였다.

바로 그때였다.

채나를 경호하며 사주경계를 하던 모 중사가 눈살을 찌푸렸다.

콕!

주사 바늘로 찌르는 듯한 살기가 쏘아졌다.

동시에, 사신 염성룡이 모 중사를 쳐다봤다.

염성룡은 비릿한 피 냄새와 함께 칙칙한 땀 내음을 맡았다.

모 중사가 고개를 주억거리며 채나 옆에 서 있는 경호원들을 쓸어봤다.

경호원들이 말없이 고개를 끄떡였다.

채나는 자신들이 확실하게 경호하겠으니 안심하라는 뜻이었다.

모 중사와 염성룡이 느긋하게 걸음을 옮겼다.

모 중사의 품에는 한 시간 전에 구입한 M9 군용나이프와 글록19 자동권총이 숨겨져 있었다.

염성룡은 개머리판이 제거된 일분에 1,000발이 넘게 발사되는 미니 우지를 품고 있었고.

같은 순간, 저편에서 장발의 동양인 사내 두 명이 채나 쪽으로 다가왔다.

퍽!

고의인지 실수인지 모르지만 염성룡의 어깨가 마주오던 장발 사내의 어깨가 부딪쳤다.

장발 사내가 그대로 길바닥에 나뒹굴었다.

프로 권투선수의 주먹과 어깨는 흉기다.

염성룡 정도의 중량급이면 거의 콘크리트 벽에 부딪치는 느낌이 든다.

"쏘리, 쏘리! 죄송합니다!"

염성룡이 영어로 사과를 하면서 재빨리 쓰러진 장발 사내의 손을 잡아갔다.

"……!"

장발 사내의 얼굴이 찌부러졌다.

차갑고 섬뜩한 느낌이 허리춤을 타고 올라왔기 때문이다.

염성룡의 품에서 이스라엘제 기관단총 미니 우지가 살짝 얼굴을 드러냈다.

"완구점에서 파는 놈이 아냐. 가실까?"

염성룡과 모 중사가 장발 사내들을 데리고 샌드위치 패널로 가림막이 쳐진 채 공사 중인 오 층 건물로 들어갔다.

바로 옆 건물에 붙어 있는 '나성노래빠'라는 한국어 간판에 불이 들어올 무렵이었다.

실은, 모 중사와 염성룡 등이 소속된 경호팀은 채나보다 일찍 미국에 건너와 이진관 장군의 소개로 모 특수부대에서 고강도 훈련을 받았다.

얼마나 빡세게 훈련을 받았는지 매캐한 화약 냄새와 지독한 땀 냄새가 아직도 가시지 않고 있었다.

비례하여 팀워크도 다져졌고!

"어디 소속인가? CIA? FBI? DIA?"

건물 안으로 들어서자마자 대뜸 모 중사가 장발 사내들을 향해 질문을 던졌다.

"CIA 작전부 소속 요원들이지?"

"……!"

뒤이어 모 중사가 마치 CIA 인사부장이라도 되는 듯 단언하자 장발 사내들의 눈이 커졌다.

정말 장발 사내들은 CIA 작전부 국내과 소속의 요원들로 고위층에게 밀명을 받고 채나를 감시하고 있었던 것이다.

"너무 놀랄 필요 없어. 내가 익힌 기술의 대부분은 베트남에서 CIA 교관에게 배웠거든. 암살, 고문, 살인, 체포술 등등 말야. 덕분에 CIA요원들을 쉽게 알아볼 수 있지."

"……."

"크읏! 오랜만에 후배들을 만났더니 말이 많아졌군."

모 중사가 CIA 후배들을 만나 진짜 반가운 듯 말이 길어졌고.

"왜 우리 보스를 감시하나?"

염성룡이 지체없이 잘랐다.

"우리보다 더 잘 알잖아? 보스께선 올림픽 등에서 수십 개의 메달을 획득해 미국을 빛낸 애국자야. 세계 엔터테인먼트계를 휩쓰는 슈퍼스타고! CIA 따위가 킁킁대며 쫓아다닐 군번이 아니야."

"……."

염성룡의 도발적인 말에 장발 사내들이 침묵으로 맞섰다.

염성룡은 미국인들과 띄엄띄엄 대화를 나눌 정도의 영어는 됐다.

캔 프로 직원으로 국제 타이틀 매치가 있을 때마다 강 관장과 함께 수십 차례 해외를 오간 덕에 콩글리시가 입에 붙었다.

모 중사는 쌍팔년도에 베트남에 파병되어 베트남군이나 미군들과 자주 합동 작전을 펼쳤기에 베트남어와 영어를 어느 정도 구사했다.

비록 미국 남부 알라바마의 목화밭에서 일하는 흑인 노예들이 사용하는 영어였지만!

"그래! 자네들도 회사에서 밥을 얻어먹는데 순순히 대답할
수는 없겠지."

모 중사가 '회사'라는 CIA 특유의 음어를 사용하며 고개를
주억거렸고.

"그럼 이렇게 하자고. 총소리가 나면 서로 귀찮으니까 주먹
이나 칼로 뜨자. 피곤하게 선수들끼리 밀당하지 말고!"

"패자는 승자에게 무조건 복종! OK?"

"Good! 콜!"

염성룡이 육박전을 제시하자 장발 사내들이 재미있다는 듯
사이한 미소를 날리며 지체없이 응했다.

철컹! 떨그렁!

장발 사내들이 품속에서 권총을 꺼내 바닥에 던졌다.

곧바로 모 중사와 염성룡도 총을 내려놓았다.

"까후!"

먼저 아까 염성룡과 어깨를 부딪쳐 바닥에 뒹굴었던 장발
사내, 이마에 빈대만 한 사마귀가 붙어 있는 남자가 마치 중국
영화에서 나오는 영화배우처럼 기성을 지르며 대련 자세를 취
했다.

"쿵푸로군! 염 선수, 당신 상대야."

"쪽빠리인 줄 알았더니 짱깨들이었네. 흐흐흣!"

염성룡이 비릿한 웃음과 함께 어깨를 씰룩이며 사마귀 쪽으
로 다가갔다.

바로 그 순간이었다.

사마귀가 툭툭 스텝을 밟으며 번개처럼 오른발을 뻗어 염성룡의 관자놀이를 찼다.

염성룡이 머리를 틀어 부드럽게 피하며 오른손으로 사마귀의 가슴을 내질렀다.

사마귀가 이미 예측한 듯 가볍게 몸을 돌려 피했고.

염성룡이 그림자처럼 따라붙으며 왼쪽 주먹을 사마귀의 턱에 작렬시켰다.

"……?!"

꽈다다당!

사마귀가 믿기지 않는 표정으로 염성룡을 쳐다보다가 그대로 바닥에 널브러졌다.

사마귀는 오늘 저녁에만 벌써 두 번씩이나 땅 바닥과 키스를 했다.

하지만 이번 키스는 아까와 달리 딥키스였다.

무려 다섯 명이나 되는 프로복서를 다시는 돌아올 수 없는 곳으로 보내 버린 핵주먹.

사신 염성룡의 펀치에 정통으로 턱을 맞았다.

리즈 시절이 한참 지난 염성룡의 주먹이었지만 최소한 삼십 분은 저승길을 헤매야 했다.

"실망인데? 간만에 몸 좀 푸나 싶었더니 글라스 조였어!"

염성룡이 유리 턱이라는 복싱 전문용어를 구사하며 이죽거렸고.

"허이구, 소문대로구먼! 사람 주먹이 아니라 완전히 해머야!"

모 중사가 염성룡의 핵주먹에 입을 쩍 벌렸다.

지켜보던 장발 사내가 눈썹을 치켜 올리며 허리춤에서 날이 새파랗게 선 나이프를 꺼냈다.

"염 선수 주먹에 겁을 먹었군. 칼을 꺼냈어."

"흐흣! 뭘 꺼내든 좀 오래 버텼으면 좋겠군요."

염성룡이 기괴한 웃음을 흘리며 장발 사내 쪽으로 다가갈 때 모 중사가 한발 먼저 나섰다.

"피를 보겠다면 어쩔 수 없지!"

어느새 모 중사의 오른손에 면도날처럼 얇은 칼이 쥐어져 있었다.

모 중사가 육군 교도소에 수감돼 있을 때 자동차 스프링을 갈아 만든 수제 칼이었다.

언젠가 봉천동 골목에서 삼십대 사내의 청재킷을 베어버린 그 칼.

추리리릿!

장발 사내가 나이프를 가볍게 돌리며 권투선수와 비슷한 스탠스를 취했다.

모 중사가 칼날은 지면을 향하고 칼끝은 손목 쪽을 바라보는, 아주 기이한 자세로 칼을 잡았다. 왼손으로 칼을 잡은 오른손을 가볍게 덮었고!

손에 쥐고 있는 칼이 전혀 보이지 않는 자세였다.

쉬! 쉬쉬쉭!

장발 사내의 나이프가 허공을 가르며 연속해서 모 중사의 허리와 가슴을 찔러왔다.

모 중사가 미끄러지듯 나이프를 피하며 장발 사내와의 거리를 좁혀갔다.

언뜻 오른손 주먹을 덮었던 왼손이 열렸다.

서걱!

그리고 느닷없이 칼날이 나타나며 장발 사내의 목을 밑에서 위로 그었다.

단 일 초였다.

"끄아아아악!"

장발 사내가 비명을 지르며 시뻘건 피가 쏟아지는 목을 쥔 채 바닥에 주저앉았다.

"회사에 돌아가면 칼 쓰는 법을 다시 배우게. 칼을 쓸 때는 칼날이 상대에게 보이면 절대 안 돼. 빤히 보이는 칼을 누가 못 피하나? 상대의 눈을 속일 만큼 현란하게 칼을 휘두를 수 있는 고수라면 모르겠지만 말야!"

"승부는 이 대 빵으로 우리가 이겼고."

모 중사가 뜻 모를 충고를 했고 염성룡이 승리를 선언했다.

"앞으로 우리 보스 옆에 얼씬거리지 마."

"다시 보스에게 접근하면… 오늘처럼 쉽게 끝나지는 않을 거야."

염성룡이 눈을 희번덕거렸고.

모 중사가 경고를 하며 CIA 선배답게 장발 사내에게 다가가 지혈을 해줬다.

"빨리 병원에 가게. 파상풍균에 감염되면 끝이야!"

"우리 다시는 만나지 말자고, 바이!"

모 중사와 염성룡이 자신들의 총을 챙겨들며 공사 중인 건물을 조용히 빠져나갔다.

"으으으!"

장발 사내가 피범벅이 된 목을 부여잡은 채 신음을 토하며 바닥에 던져 놓은 권총을 잡아갔다.

장발 사내보다 먼저 시커먼 손 하나가 권총을 움켜쥐었다.

총구가 돌려지며 장발 사내의 이마를 향했다.

"흑!"

눈이 퀭하고 꼬지지한 차림에 지독한 악취가 풍기는 흑인 남자였다.

노숙자로 보이는 서너 명의 흑인 남자가 비틀비틀 다가왔다.

하나같이 눈이 퀭했고 역한 냄새가 풍겼다.

흑인 남자들이 쓰러져 있는 사마귀의 품속을 뒤졌고.

지갑 등을 털어서 재빨리 주머니 속에 쑤셔 넣었다.

사마귀가 순식간에 팬티까지 홀딱 벗겨진 나체가 됐다.

툭툭!

이번엔 흑인 남자가 권총으로 장발 사내의 이마를 건드렸다.

몸속에 있는 모든 것을 내놓으라는 뜻이었다.

장발 사내가 인상을 쓰며 지갑 등을 꺼내 놓았다.

다시, 흑인 남자들이 달려들어 장발 사내를 나체로 만들었다.

탕탕!

"끄아아악!"

흑인 남자가 서슴없이 장발 사내들의 대퇴부를 향해 권총을 발사했다.

쫓아올 수 없게 만드는 교활한 수작이었다.

흑인 남자가 누런 이빨을 보이면 씨익 웃고 아무 일 없다는 듯 사라졌다.

천조국(千兆國).

국방예산이 우리나라 돈으로 천조 원에 가깝다 해서 붙여진 미국의 별칭.

세계 민주주의의 대본영이라는 미합중국에서 흔히 벌어지는 일이었다.

천조국의 밤은 끔찍하다.

*   *   *

"김 부장입니다."

산뜻한 군청색 정장을 걸친 전형적인 커리어우먼 차림의 채나의 사촌 여동생인 김용순이 큼직한 가방을 내려놓으며 자리에 앉았다.

"회장님께서는 지금 '김채나 생가'를 구경하러 가시다가 팬들에게 체포되셨답니다. 언제 노가다가 끝날지 모른다고 우리부터 먼저 식사를 하라고 하시네요."

"핫핫핫! 호호호!"

김용순이 채나가 팬들에게 사인해 주는 일을 노가다라고 표현하며 너스레를 떨자 실내에 앉아 있던 삼십여 명의 사람이 일제히 웃음을 터뜨렸다.

김용순은 채나가 설립한 CNA재단 제1호 직원이었다.

머리 좋은 집안 출신답게 경북대학교 경제학과를 졸업했지만 괴이하게도 입사하는 회사마다 부도가 나서 망하는 바람에 아예 취업을 포기했다.

어쩔 수 없이 집으로 돌아와 해죽포 탁주의 경리사원으로 일하고 있었다.

그 와중에 남해에 내려온 채나에게 CNA 재단의 임원으로 스카우트됐고.

현재 김용순은 육십여 명에 가까운 직원이 일하고 있는 CNA 재단 연예부를 책임진 연예부장이었다.

김채나라는 우주 제일의 빽을 언니로 둔 덕분이었다.

이곳 LA는 대학 시절 배낭여행을 하면서 대충 돌아본 경험이 있었다.

"그럼 잠깐 인원점검부터 먼저하고 식사를 시작하죠, 음악팀 매니저님?"

"네! 총원 열네 분. 모두 참석하셨습니다."

"다음 무용팀 매니저님?"

"저와 총무 매니저까지 열 명. 이상 없습니다."

"합창팀 아홉 명 끝!"

김용순이 볼펜과 다이어리를 든 채 식탁 앞에서 서서 인원 체크를 했고.

각 팀의 매니저들이 소속팀 인원의 이상 유무를 보고했다.

지금 코리아타운 박 대감댁 한 식당에 모인 사람은 김용순까지 꼭 35명이었다.

거기에 채나와 함께 있는 경호팀과 분장팀을 합치면 무려 57명이나 됐다.

모두 CNA재단 연예부 소속의 정식직원들로 채나의 정규앨범 작업과 월드 투어를 함께하는 스태프들이었다.

재미있게도 세계 인종 전시장인 미국답게 스태프에는 황인, 백인, 흑인 등이 뒤섞여 있었다. 이십대 아가씨부터 오십대 중년 남자까지 다양했고.

기분 탓인지 모르겠지만 다양한 인종이 스태프에 참여하면서 채나가 진짜로 월드 투어를 뛰는 느낌이 들었다.

"감사합니다."

김용순이 다이어리에 뭔가를 기록하며 다시 의자에 앉았다.

"제가 툭하면 인원 점검을 하는 이유 아시죠?"

"옛! 여기는 한국이 아니라 미국입니다."

"어디가 늪이고 어디가 숲인지 아무도 모르는 정글입죠."

"맞습니다. 여기는 범죄대국 깡패국가 미합중국 제2의 도시인 LA입니다. 외출하실 때는 늘 조심하셔야 합니다. 특히 밤에

외출하실 때는 꼭 단체로 하셔야 돼요. 이상은 LA 토박이시고 맞짱의 세계 일인자라는 회장님의 당부 말씀이셨습니다."

"아하하! 깔깔깔!"

김용순이 채나의 용명을 넌지시 알리며 LA에서 행동할 때 주의할 점을 다시 한 번 상기시켰다.

확실히 사람이 자리를 만드는 것이 아니라 자리가 사람을 만들었다.

칼 단발과 장대한 체격, 딱 부러지는 말솜씨에 이마 위로 올려 쓴 선글라스까지!

말투나 행동 그 어디에서도 남해 해죽포 구석의 막걸리 공장에서 일하던 경리 겸 배달직원의 냄새는 맡을 수 없었다.

이 미국의 다운타운가에서 흔히 볼 수 있는 아주 잘나가는 동양 여성이었다.

물론, 모두 김용순의 능력이었다.

"김 부장 말 흘려듣지 마! 미국은 한국처럼 만만한 나라가 아니야. 천하에 거칠 것 없는 회장님께서 신신당부하시는 거야."

"알겠습니다. 명심하겠습니다, 팀장님!"

연예부에서 가장 나이가 많은 음악팀장인 기타리스트 함득춘이 정색하고 한마디 하자 스태프들이 힘차게 대답했다.

채나가 삼고초려 끝에 모셔온 함득춘은 자타가 공인하는 한국 최고의 기타리스트였다.

기타 독집을 무려 다섯 장이나 냈다.

"아… 그리고 어제 합창팀에 합류한 엘렌과 파월을 소개하겠습니다. 헬로우 엘렌, 프리즈!"

김용순이 제법 세련된 영어로 흑인 남녀를 소개했다.

엘렌과 파월이 이미 분위기를 읽은 듯 미국인답지 않게 폴더인사를 했다.

합창팀은 코러스팀을 말했다.

무용팀은 댄서팀이었고 음악팀은 밴드들, 세션들로 이루어진 팀이었다.

"엔렌은 회장님과 UCLA 동창이고 파월은 버클리 음대 출신으로 어머님이 한국인이시랍니다. 우리 스태프에 마지막으로 합류한 분들입니다. 큰 박수로 환영해 주시죠!"

짝짝짝! 삑삑삑!

"웰컴! 어서 오십시오. 환영합니다!"

스태프들이 박수와 환호를 보냈고 엘렌과 파월이 다시 한 번 자리에서 일어나 정중하게 인사를 했다.

"그럼 이쯤에서 질문 하나 드리겠습니다. 오늘이 무슨 날이죠?"

"……?"

김용순의 미소를 띠며 뜬금없는 질문을 던지자 스태프들이 눈을 껌벅였다.

"네에— 회장님 정규앨범 1집 '드라곤' 이 모든 작업을 마치고 공장으로 넘어갔습니다."

"와우! 진짜 기념비적인 날이네?"

"드라곤 파이팅! 가자! 가자! 드라곤!"

"한 시간 전에 마스터 CD부터 앨범 재킷까지 몽땅 공장으로 갔습니다. 이제 공장에서 기계를 돌려 프린팅하면 끝납니다. 빠르면 내일모레 아주 잘생긴 '드라곤' 녀석을 만날 수 있을 겁니다."

"푸후후후후— 기대된다! 기대돼!"

"과연 얼마나 멋진 놈이 나올까?"

김용순이 채나의 정규앨범 1집의 작업 완료를 보고하자 스태프들이 반색을 했다.

채나의 정규앨범 1집의 제목은 '드라곤[용(龍)]'이었다.

돌아가신 짱 할아버지를 기리며 그 이름을 따서 지었다.

채나가 짱 할아버지를 얼마만큼 생각하는지 미루어 짐작 할 수 있는 대목이다.

"그리고 하나 더… 기다리고 기다리던 월급날입니다. 우후후후!"

"끼약— 만세! 만세! 만세!"

"오오오! 마침내 그날이 오고야 말았군요."

"고대하고 고대했던 첫 월급 받는 날!"

김용순이 월급날임을 알리자 스태프들은 마치 오늘이 일제의 탄압에서 해방된 광복절이라도 된 양 탄성을 질렀다.

합창팀장인 한애숙은 만세삼창까지 외쳤고.

그랬다.

12월 15일은 CNA재단의 공식적인 월급날이었다.

이곳에 모인 모든 스태프는 CNA재단에 정식으로 입사한 직원들로 일하는 곳이 미국이든 한국이든 상관없이 오늘 급료를 받는다.

예나 지금이나 늙으나 젊으나 남자든 여자든 급료를 받는 날은 늘 설렌다.

급료를 지불하는 경영자의 기분은 또 다르겠지만.

"저도 여러분처럼 오늘을 목이 빠져라 기다렸습니다. 울 존경하는 회장님은 통큰 돈질로 지구상에서 둘째가라면 서러워하실 분 아닙니까? 후후후!"

"아하하하! 까르르르!"

"일단 본인들의 계좌를 먼저 확인하시죠. 계좌 확인 절차를 잘 모르시는 분은 팀 매니저들에게 물어 보시구요."

"됐어요, 김 부장! 제가 알면 다 압니다."

"우후후, 그런가요?"

올해 나이 쉰셋인 함득춘이 다시 나섰고 김용순이 의미심장하게 웃었다.

"그, 근데 웬 달러가 입금돼 있습니까?"

"네! 그 돈은 우리 CNA에서 드리는 월급이 아니라 EMA에서 입금시킨 거예요. 그동안 밤낮없이 회장님 음반 작업과 뮤직 비디오 작업에 매달려온 스태프들에게 지불한 페이죠."

"그러니까… 월급이 아닌 별도의 수입이라는 말씀이오? 김 부장!"

"후후후, 네!"

"뷰리풀! 브라보!"

"아싸! 아싸!"

"애터보이! 애터보이!"

김용순이 계좌에 달러가 입금된 사연을 밝히자 스태프들이 환호성을 울렸다.

다인종 스태프들답게 영어와 한국어를 섞어서.

"으흐흐! 달러를 우리나라 돈으로 살짝 환산해 보니까 엄청나네."

"역시 개런티는 달러로 받아야 돼!"

파워 드러머 박정훈과 베이시스트 권순선이 휴대폰을 살펴보며 대화를 나눴다.

"저어기 부장님… 우리 매니저들은 꽝인가요?"

무용팀 매니저인 최영화가 입술을 불쑥 내민 채 물었고.

"넹! 그러잖아도 아침에 한국 본사에 연락해 봤는데 나나 매니저들은 전혀 관계가 없답니다. EMA에서 회장님 음반작업 하는데 참여한 스태프들에게만 지불한 돈이라서 본사에서도 어쩔 수 없구요."

김용순이 떫은 표정으로 대답했다.

"짜증나! 나도 코러스할 걸 그랬어."

"날마다 음료수에 초콜릿까지 사 날랐는데, 씨이!"

"꼭 기타치고 춤춰야 스태프인가?"

"쩝쩝! 미국 애들 규정이 그렇다는데 어쩌겠어요? 우리 월급이나 확인해 보자구요."

각 팀 매니저들이 투덜대자 김용순이 재빨리 말을 돌렸다.

매니저들과 스탭들이 다시 신중하게 휴대폰을 살폈다.

올! 울 언니가 돈질 좀 빡세게 했는데?

큼직한 게 아주 먹음직한 놈이 들어왔어, 우후후후!

언니가 돈질을 하면 항상 예상보다 0이 하나 더 붙어 온다더니 진짜네!

김용순의 입이 더 이상 커질 수 없을 만큼 커졌다.

"어떻게 모두 확인하셨나요?"

김용순이 최대한 표정관리를 하며 스태프들과 매니저들을 둘러봤다.

"혹시라도 이상 있으신 분? 거수!"

"껄껄껄! 이상 있습니다. 회장님이 말씀하셨던 액수보다 훨씬 많이 들어 왔어요."

"하하하! 존경합니다, 회장님!"

"정말 우리 교주님은 교도들을 너무 많이 생각하세요."

"싸랑해요, 회장님!"

스태프들과 매니저들의 입이 김용순처럼 뒤통수에 걸렸다.

"근데… 김 부장?"

"네! 함 팀장님!"

함득춘이 눈치를 보며 조용히 입을 열었다.

"EMA에서 보내준 이 달러는 우리 집에선 모르지?"

"그럼요! 저도 잘 모르는데 어떻게 댁에서 아시겠어요?"

"한국에서 여기저기 지른 게 꽤 되거든!"

"후후후! 안심하고 쓰세요. 100% 안전보장 합니다."

"고마워, 김 부장! 역시 비자금은 해외에서 마련해야 뒤탈이 없어요."

"우후후후! 으흐흐흐!"

함득춘이 우리나라의 어떤 대머리 대통령 목소리를 흉내를 내며 너스레를 떨자 김용순 등이 뒤집어졌다.

그때 위생복을 걸친 도우미들이 다가와 식탁 위에 음식들을 깔아놓기 시작했다.

김용순이 다시 자리에서 일어났고.

"마지막으로 공지사항 하나 말씀 드리겠습니다."

"……."

스태프과 매니저들이 일제히 김용순을 주시했다.

"이번에 열리는 '제1회 김채나 가요제' 에 참가하실 분들은 오늘까지 팀 매니저에게 접수해 주시기 바랍니다. 이미 말씀 드렸듯 참가비는 일인당 100달러입니다. 가요제가 열리는 날 회식비용으로 쓸 돈이죠."

김용순이 칼 단발을 쓸어 올렸다.

"참고로, 어제 회장님께서 엄청난 명품을 우승 상품으로 스폰해 주셨습니다."

"……!"

"콩알만 한 다이아몬드가 숭숭 박힌 금딱지 로렉스 손목시계!"

"꺄약― 회장님 멋쟁이."

"여기 LA 다운타운가에서 알아봤더니 US달러로 25,000불쯤 하더군요."

"25,000불?! 세상에 우리나라 돈으로 3,000만 원짜리잖아?"

"아후후후후! 오르가즘 느낀다."

김용순이 '김채나 가요제' 의 우승 상품을 소개하자 스태프들이 탄성을 터뜨렸다.

"재미삼아서 개최한 '김채나 가요제' 가 이렇게 커질 줄은 몰랐습니다. 이제 로렉스 시계가 탐나서라도 갈 데까지 가봐야겠습니다."

CNA 연예부 직원들이 개최하는 제1회 김채나 가요제.

월드 투어를 뛰면서 숙소에서 쉴 때 짬짬이 예선을 치루고 월드 투어가 끝나는 마지막 날 최종 우승자를 가린다.

장장 육 개월에 걸쳐 진행되는 CNA 사내 노래자랑.

순전히 연예부장 김용순이 단독으로 기획한 작품이었다.

장기적인 외국생활에 스태프들이 지치고 지루해할까 봐 고심 끝에 짜낸 아이디어였다. CNA재단의 연예부장은 김용순에게 딱 맞는 자리였다.

"우승 상품이 3,000만 원짜리 로렉스 금딱지 시계라? 지금까지 기타만 판 게 무지하게 후회가 되네!"

"글쎄 말입니다. 저도 드럼만 치지 말고 노래도 열심히 했어야 하는 건데, 에이!"

"보나마나 함창팀에서 금딱지 임자가 나오겠군요."

함득춘과 박정훈 등 세션맨들이 엄살을 떨었고.

"아호! 지금 무슨 말씀하시는 거예요?"

"함 팀장님은 몇 년 전만 해도 가수로 활동하셨잖아요? 콘서트까지 여시고!"

"박 교수님은 지금도 대학에서 학생들에게 보컬 트레이닝을 해주시구요."

합창팀의 한애숙과 이남주 등이 대뜸 쌍지팡이를 들고 나섰다.

"진짜 너무들 하시네! 정말 불쌍한 것은 저를 비롯한 매니저들이에요. 노래는 만 원에 두 시간짜리 노래방에서 꽥꽥 댄 게 전부라구요. 나머지 분들은 모두 프로 뮤지션들이고!"

"우리 무용팀 또한 뮤지션들이 아니거든요, 김 부장님?"

"곽 팀장님은 맨날 음악 틀어놓고 춤 연습하잖아? 프로 래퍼고!"

"헹! 말이 그렇게 되나?"

"껄껄껄! 킥킥킥!"

그랬다.

김용순과 매니저들을 제외하고 이 자리에 모여 있는 모든 스태프는 대중음악의 전문가들이었다.

세계 톱 뮤지션인 채나의 정규앨범 작업과 월드 투어에 음악 스태프로 참여할 정도의 대단한 실력자들.

이들이 모여 재미삼아서 가요제, 노래자랑을 열었다.

재미삼아 시작한 노래자랑이지만 뮤지션으로서의 자존심이 걸려 있기에 서로 우승을 하려고 살살 간을 보고 있었다.

그때, 콩알만 한 다이아몬드가 숭숭 박힌 3,000만 원짜리 로렉스 금딱지 시계가 우승 상품으로 나왔다.

이제는 노래를 부르다가 죽는 한이 있어도 일등을 해야만 했다.

술꾼에게는 술을, 노름꾼에게는 화투를, 뮤지션들에게는 음악을!

뮤지션들을 위로해 주기 위해서는 음악을 안겨주는 것이 최선의 방법이다.

이런 생각으로 가요제를 기획한 김용순의 노림수가 120% 들어맞았다.

"회장님께서 도착하셨습니다!"

이때 방그래가 실내에 들어서며 묵직하게 외쳤다.

"어이구! 일찍 오셨네. 우리 회장님!"

"밤낮없이 일하시느라 얼마나 고생이 많으십니까? 회장님!"

함득춘, 박정훈 등이 분분히 일어서며 조크가 섞인 인사를 던졌다.

"헤헤헤, 앉아! 앉아! 어서 밥들 먹자구."

채나가 특유의 웃음을 터뜨리며 종종걸음으로 들어왔고.

"아, 배고파, 밥밥밥밥!"

늘 똑같은 대사를 낭독했다.

함득춘 말대로 채나는 오늘은 정말 일찍 빠져나왔다.

끝없이 몰려드는 팬들을 그 유명한 LA 폴리스가 출동해 해산시킨 덕분이었다.

로스앤젤레스 243

잠시 후, 경호팀과 분장팀까지 모두 들어와 자리에 앉았다.

"모 영감과 염털도 이리 앉아! 오랜만에 우리 CNA 연예부 식구들이 한자리에 모였는데 두 사람만 빠지면 섭하지."

"예에! 회장님!"

채나가 출입구 쪽에서 경계를 서고 있던 모 중사와 염성룡을 불렀다.

모 영감은 모 중사의 이름인 모영각의 채나식 발음이었고 염성룡은 캔 프로에 있을 때부터 얼굴에 털이 많다고 염털이라고 불렀다.

한데, 놀랍게도 이제 채나는 식사 자리에서까지 다른 사람을 챙겼다.

채나가 정치가 사업가로 변신을 거듭하면서 가장 확실하게 달라진 부분이었다.

잘 알지만 채나는 몸종의 시중을 받으면서 밥을 먹는데도 너무 바쁜 사람이었다.

모 중사와 염성룡이 자리에 앉자 한미래와 임연주까지 정확히 60명이 됐다.

대형버스 두 대를 동원해야 이동할 수 있는 인원이었다.

언제부턴가 채나는 직원들을 채용하고 그들에게 상당액의 보수를 지불하는 것도 사회에 재산을 환원하는 방법 중 하나라고 생각했다.

그래서 그런지 채나는 CNA 연예부 직원들을 계속해서 채용했다.

꼭 100명이 채워지면서 그 유명한 채나의 초막강 음악 스탭 'CNA100'이 탄생했다.

뭐, 겨우(?) 일 년에 30억 원쯤 하는 이들의 보수는 전혀 걱정할 필요가 없었다.

여차하면 조선민주주의인민공화국에 가서 공연을 하고 금궤를 받아오면 되니까!

게다가 지금 막 이들을 영원히 고용할 수 있는 돈이 채나에게 배달되고 있었다.

하늘나라에서 짱 할아버지가 부쳐준 돈이었다.

택배 아저씨는 닥터 케인, 장한국이었다.

*   *   *

타타타탕!

24HOUR SS OUTDOOR SHOOTING RANGE(24시간 SS 야외 사격장)
HAND GUN 5$ (권총 5달러)
RIFLE 10$ (소총 10달러)
SHOT GUN 15$ (산탄총 15달러)

요란한 총성이 들리며 희미한 가로등 불빛이 이렇게 쓰여 있는 입간판을 비췄다.

우리에게 익숙한 서울시 근교에 있는 허름한 예비군 사격장과 비슷했다.

약간 틀린 점이 있다면 이 사격장은 군인이나 예비군들의 훈련을 위한 사격장이 아니라 개인이 돈벌이를 목적으로 운영한다는 것이다.

채나의 친구가 운영하는 LA 변두리에 있는 24시간 영업하는 사격장이었다.

미국 전역에 만 개쯤 깔려 있는 사격장 중 하나.

탕탕탕!

모 중사와 염성룡 등 채나의 경호팀원들이 귀마개를 쓴 채 사선에 서서 글록19 자동권총을 들고 사격을 하고 있었다.

"오오! 자세 좋아. 울 빵 부장 총도 아주 잘 쏘는데?"

채나가 귀마개를 하고 권총 사격을 하는 방그래를 지켜보며 연신 탄성을 터뜨렸다.

틱! 틱틱!

"……?"

방그래가 방아쇠를 당겨도 총알이 나가지 않자 채나를 돌아봤다.

"아주 잘했어! 총을 바닥에 내려놓고 나와."

"예, 회장님!"

방그래가 처음을 총을 쏴 봐서 흥분한 듯 얼굴이 벌게진 채 조심스럽게 권총을 내려놓고 사선에서 물러났다.

철컥! 철컥!

"이게 왜 자꾸 잼이 나지?"

채나가 인상을 쓰며 글록19 자동권총의 슬라이드(장전손잡이)를 잡고 몇 번 왕복시켰다. 잼이란 탄창에서 약실로 총알이 옮겨가지 못하고 걸리는 현상을 말한다.

"분명히 9미리 탄이 맞는데? 쳇! 총알 불량이구만."

철컥! 철컥! 투투툭! 철컹!

"개시키들! 하여튼 장사꾼들은 친구고 뭐고 믿을 수가 없어. 어떻게 총알까지 C급을 주지?'

채나가 투덜거리며 슬라이드를 왕복시켜 총알을 빼내고 다시 탄창을 끼웠다.

"2번 사수 김용순 사선 앞으로!"

"2번 사수 김용순 사선 앞으로!"

김용순이 귀마개를 쓴 채 복창을 하며 사선 앞으로 나왔다.

재미있게도 LA근교 사격장에서 채나식 민방위 훈련이 실시되고 있었다.

채나는 CNA 연예부 회식이 끝난 뒤 경호팀과 방그래와 김용순, 한미래 등을 데리고 사격장을 찾았다.

채나는 미국에서 이십여 년을 살았기에 미국이 얼마나 살벌한 나라인지 잘 알았다.

해서 구매한 총들도 테스트할 겸 스태프들에게 사격을 가르치기로 작정했던 것이다.

총 권하는 사회 미국에서만 볼 수 있는 진풍경이었다.

"요령은 전과 동. 장전이 돼 있으니까 그대로 트리거, 방아쇠를 당겨. 사격개시!"

탕! 탕탕탕!

김용순이 권총의 반발력을 이기지 못하고 몸이 마구 뒤로 젖혀졌다.

"왼손에 힘을 더 줘. 두 다리를 힘껏 버티고!"

채나가 빽 소리쳤다.

철컥! 철컥!

탄창이 빈 듯 김용순의 총에서 더 이상 총알이 나가지 않았다.

"사격이 끝나면 항상?"

"슬라이드를 잡아당겨 약실에 총알이 남아 있는지 점검을 한다!"

"Good!"

김용순이 씩씩하게 외치며 슬라이드를 잡아 당겨 약실 검사를 한 뒤 채나에게 권총을 건넸다.

"후우우ー 개땀 난다. 개땀 나!"

김용순이 쓴웃음과 함께 땀을 훔치며 사선에 물러났다.

채나가 다시 탄창을 갈아 끼웠다.

"3번 사수 한미래 사선 앞으로!"

"…나 안 하면 안 될까? 때지 언니! 진짜 겁나. 아까도 심장이 터지는 줄 알았어."

"일단 이어 플러그. 귀마개를 써!"

임연주가 얼른 귀마개를 한미래에게 씌워줬다.

"아까 내가 뭐라고 했지?"

"사격장에서는 무조건 이어 플러그를 해야 한다. 특히 가수에게 청력은 생명과 같기에 귀를 보호해야 한다. 청력은 한 번 손상되면 회복되는 것이 불가능해서… 악!"

쾅쾅! 채나가 권총으로 한미래의 머리통을 그대로 쥐어박았다.

"그렇게 잘 아는 놈이 귀찮다고 귀마개를 벗고 있어?"

"힝― 귀마개는 할 테니까 총은 안 쏘면 안 돼?"

"이 시키가! 여기는 미국이야. 미국 전역에 내가 팔아먹은 음반보다 오천만 개나 더 많은 총이 깔려 있어. 여자들도 방어용으로 총을 쏠 줄 알아야 돼. 게다가 내가 사격을 가르쳐 줄 시간이 오늘 밤밖에 없어. 내일부터 또 정신없다고!"

채나가 한미래에게 사격을 배워야 되는 이유를 진지하게 역설했고.

"아후! 갑자기 청장고원이 생각난다. 거긴 늑대조차 순한데……."

한미래가 채나에게 총을 건네받으며 뜬금없이 중국의 청장고원 얘기를 꺼냈다.

"우혜혜혜! 그렇게 고생하고도 생각이 나냐?"

채나도 청장고원의 추억이 떠오르는 듯 맞장구를 쳤다.

"응응! 꿈속에도 보여. 정말 멋있는 곳이야. 눈 내리는 밤에 군용 천막 속에서 때지 언니를 꼭 끌어안고 자구."

"화장실은 어쩔껴, 임마?"

"해해해! 사방이 탁 트인 언니 전용 화장실이 있잖아?"

"시키가 청장고원까지 끄집어내는 걸 보니 진짜 총을 쏘기가 싫구만!"

"정말 무서워… 그리고 난 언니들처럼 미국에 오래 있을 것도 아니잖아? 곧 한국으로 갈 텐데 뭐."

한미래가 청장고원과 한국까지 들먹이며 자신이 총 쏘는 법을 익힐 필요가 없다는 이유를 설명했다.

"한미래 열외! 괜히 겁쟁이 시키한테 총을 줬다가 오발 사고나 나지."

"아후후후, 살았다!"

채나가 한미래가 쥐고 있던 총을 뺐었고 한미래가 잽싸게 몸을 돌렸다.

"4번 사수 임연주 사선 앞으로!"

"4선 사수… 임연주 사선 앞으로!"

권총을 쥔 임연주가 도살장에 끌려가는 소처럼 마지못해 사선 앞으로 걸어갔고.

"AK 소총 등은 모두 정품입니다. 글록은 여덟 정이 불량입니다."

모 중사가 채나에게 다가오며 보고를 했다.

"열다섯 정 중 여덟 정이 불량이야? 이 니그로 시키들이 나를 완전 호갱으로 아네?!"

채나의 눈이 가늘어졌다.

화가 났다는 리액션이었다.

임연주가 요때다 하고 한미래 쪽으로 살살 도망쳐도 신경을 쓰지 않았다.

그만큼 화가 많이 났다는 반증이었다.

호갱은 호구와 고객의 합성어다.

"AK 줘봐!"

"여기 있습니다."

모 중사가 채나에게 AK74 자동소총을 건넸고.

투투투투투투투!

채나가 AK74 자동소총을 받아 들자마자 저쪽 편에 있는 이 층으로 된 철제 컨테이너 박스를 향해 갈기기 시작했다.

AK74는 AK47 소총의 단점을 개량한 업그레이드 버전이다.

"뻑유— 어떤 미친 개시키야?"

컨테이너 박스에서 육두문자가 쏟아지며 총을 든 서너 명의 흑인 청년들이 뿔난 황소처럼 튀어나왔다.

"개시키들! 꼭 총을 갈겨야 튀어나오네."

채나가 AK74 소총을 든 채 퉁명스럽게 쏘아 붙였다.

"어어어어어?! 째, 째째째나야!"

"여, 여여기까지… 웬일이냐?"

흑인 청년들이 채나를 발견하고 당혹해하며 말을 더듬었다.

"인사 한번 일찍 한다! 도착한 지 한 시간이 넘었어. 총을 만 발쯤 쐈고, 시키들아!"

"와, 왔으면 우리를 부르지 왜?!"

"낮에 일을 많이 해서 피곤해서…….."

"노름에 미친 새끼들이 무슨 구라야? 손에 든 카드 짝이나

놓고 얘기해, 임마!'

"에구머니나?! 얘는 왜 들고 있대?"

"미, 미안하다. 채나야! 한창 끗발이 올라서……."

"됐어, 시키들아!"

흑인청년들이 눈치를 보며 사과를 했고 채나가 신경질적으로 말을 잘랐다.

"일단 인사해! 나랑 같이 일하는 동료들이야. 내 초딩 친구들!"

채나가 흑인 청년들과 모 중사 등을 소개했다.

"반갑소이다!"

"하이! 죄송함다."

"손님이 오신 줄도 모르고 실례했습니다."

흑인청년들이 머리를 북북 긁으며 겸연쩍게 말했다.

"당장 탐한테 전화해서 이리로 날아오라 그래! 이 돼지 시키가 나한테 쓰레기 권총을 신형이라고 팔아먹었어. 총알은 모조리 C급을 주고!"

"지, 진짜야?!"

"탐이 채나 너한테 B급 총을 팔았단 말야?"

채나가 계속해서 씩씩대자 흑인청년들이 어리둥절했다.

"10분 내로 A급 권총 열 정하고 A급 총알 이만 발을 가지고 오지 않으면 쫓아가서 대가리를 빵꾸 낸다 해. 이 돼지새끼는 친구고 뭐고 그냥 눈탱이를 친다니까!"

"이, 이 돼지 진짜 미련하네. 어떻게 지구 최고의 총잡이라는 채나한테 총을 가지고 장난을 치냐?"

"이미 여기로 오고 있대. 탐이 고의로 그런 게 아니래, 채나야!"

레게 머리를 한 흑인청년이 휴대폰을 든 채 채나를 달랬다.

"으으으, 이 돼지 시키, 오기만 해봐라? 확 긁어버릴 거야!"

"니, 니가 이해해, 채나야. 새끼가 장사가 안 되니까… 켁!"

쾅쾅! 채나가 AK74 소총의 개머리판으로 레게 머리의 허벅지를 찔렀다.

"미친 새꺄— 장사가 아무리 안 돼도 그렇지 친구한테 쓰레기를 팔아먹어?"

"정말 미안하다. 내가 대신 사과할게. 한 번만 봐주라."

"그래, 채나야. 지금 탐이 A급 물건을 가지고 온다잖아?"

흑인 청년들이 채나의 잔인무도한 성격을 아주 잘 아는 듯 열심히 달랬다.

"아호! 채나 언니 미국 친구들은 다 흑형이야. 몽땅 갱들이구!"

"근데 채나 언니 학교 다닐 때 일진이었나 봐? 남자 애들이 설설 기어!"

"큭큭큭! 미국 일진?"

"확실히 LA가 채나 언니 고향은 고향인가 보다! 한국에 있을 때는 저 정도 포스까지 나오지는 않았는데 완전 사나운 맹수야."

한미래와 임연주가 채나가 흑인 청년들을 대하는 것을 지켜보며 쥐 소리로 대화를 나눴다.

부우우우웅! 바로 그때였다.

포드 자동차에서 출시된 F시리즈 픽업트럭 석 대가 흑인 남
녀들을 잔뜩 태우고 저편에서 달려왔다.

"햐아─ 저 돼지새끼 잔머리 쓰는 거 봐? 돼지게 맞을 거 같
으니까 친구들을 몽땅 끌고 왔네?"

"그, 그게 아니라 애들이 너를 엄청 보고 싶어 해."

"그동안 LA에 몇 번 왔다며? 그때마다 친구들을 만나지 않
고 가서 무척 섭섭했어."

"세계적인 아티스트가 되더니 우리를 잊은 거야?"

"……!"

흑인 청년들이 그동안 자신들을 만나러 오지 않아서 섭섭하
다는 말을 뱉자 채나의 눈이 실처럼 가늘어졌다.

폭발하기 일보직전의 신호였다.

"이 시키들이, 지금 무슨 말을 하는 거야? 내 스케줄 표 볼
래? 미국에 와서 울 엄마나 신랑도 얼굴만 간신히 보고 한국으
로 다시 갔어. 개시키들아!"

"아무튼 애들이 섭섭해하는 건 사실이야."

"푸후후후! 환장한다. 환장해."

갑자기 채나가 한 손으로 머리를 쥐어뜯었다.

흑인 청년들이 채나가 가장 듣기 싫어하는 소리를 꺼냈기
때문이다.

출세했다고 친구들을 배신한 의리 없는 놈!

채나가 당장 눈치챘기에 뚜껑이 열렸고.

덕분에 탐이 쓰레기 총들을 팔아먹은 건이 조금씩 희석되고 있었다.

레게 머리가 초다혈질인 채나의 성격을 잘 알기에 슬쩍 찔렀던 것이다.

"오늘 사격 훈련 끝. 모 영감! 팀원들 철수시켜."

"예! 회장님."

당장 채나가 모 중사에게 경호팀원들의 철수를 명령했다.

"빵 부장, 김 부장 모두 돌아가. 난 친구들하고 얘기 좀 하고 들어갈게!"

"알겠습니다, 회장님!"

"미래랑 연주도 가고!"

"궂은 일, 슬픈 일 함께 겪어. 때지 언니야!"

"나 지금 머리 터지기 일보 직전이야."

한미래가 다시 철학적인 대답을 했고.

이번에는 먹히지 않았다.

"아, 알았어. 금방 올 거지?"

"걱정 마, 임마! LA는 내 땅이야."

"빨리 와. 때지 언니!"

채나가 LA가 자신의 영역임을 당당히 밝혔다.

그래도 영 걱정이 되는지 한미래가 찝찝한 얼굴로 몸을 돌렸다.

"오우우, 지저스 째나—"

"갓 채나! 채나!"

이때, 트럭에서 젊은 흑인 남녀들이 우르르 뛰어내렸고.

활짝 웃으며 채나를 향해 달려갔다.

"우헤헤헤헤! 어서 와, 귀여운 초딩들아!"

체나가 특유의 웃음을 길게 터뜨리며 양손을 활짝 폈다.

"와우우우, 째나! 너무 예뻐졌다."

"진짜 옛날보다 더 큐티해졌어!"

채나와 흑인 남녀들이 마치 이산가족들이 상봉하듯 부둥켜안았다.

"갓 채나! 갓 채나! 갓 채나!"

"헤헤헤헤!"

뒤이어 흑인 남녀들이 채나를 허공으로 띠우며 헹가래를 쳤다.

코흘리개 시절을 함께해서 그럴까?

이상하게도 초등학교 시절 친구는 늘 반갑다.

빈부의 차이나 지위의 고하를 떠나 아주 가깝고 격의가 없다.

채나 또한 예외가 아니어서 이 초등학교 친구들이 너무 반가웠다.

채나는 흑인들만 다니는 초등학교를 다녔다.

동양인은 딱 두 명밖에 없었다.

다른 한 명은 장한국, 케인이었다.

케인은 삼 개월쯤 다니다 하바드대 부속 영재학교로 전학을 갖고.

채나 혼자 육 년을 다녔다.

동양인 여자애가 흑인들만 다니는 초등학교에서 육 년 동안을 혼자 다녔다면 어떤 일들을 겪었을까? 대충 감이 잡힐 것이다.

하지만 채나는 우리의 상상과는 정반대로 입학한 지 딱 일주일 만에 학년 전체를 장악했다. 한 달 만에 학교 전체를 장악했고!

한미래가 예상했듯 채나는 초등학교 시절부터 LA의 유명한 일진이었다.

지금은…….

"탐! 삼겹살 앞으로."

"미, 미안해, 채나야! 다른 놈들한테 팔아먹던 것을 깜박 잊고 너한테 그냥 준 거야. 몽땅 A급으로 바꿔줄게… 아아악!"

탐의 간곡한 변명과는 상관없이 채나가 그대로 탐의 배를 꼬집었고 탐이 비명을 지르며 펄쩍 뛰었다.

"대가리 박아, 시키야!"

쾅! 탐이 그대로 바닥에 머리를 박았다.

갱스터들을 괴롭히는 갱스터였다.

"모두 다시 차에 타! 지금부터 내가 쏜다. 광란의 밤을 보내보자고!"

"끄아아아, 갓 채나!"

채나가 흑인남녀들이 타고 왔던 픽업트럭에 올라타며 소리쳤다.

타타타타타!탕탕탕!

흑인 남녀들이 환호성을 지르며 마구 총을 쏴댔다.

정말 채나는 갓 채나인가?

채나의 머릿속 그 어디에도 인종에 대한 개념이 존재하지 않았다.

어릴 때부터 짱 할아버지에게 세뇌를 당해서 그런지 채나의 눈에는 그저 흑인이나 황인이나 백인이나 모두 똑같은 사람으로 보였다.

지금 달려온 친구들이 모두 흑인이었지만 채나에게는 색깔의 개념이 전혀 없었다.

그냥 가까운 친구들… 딱 거기까지였다.

말도 안 되는 얘기였지만 갓 채나는 실제 그랬다.

또, 인류라는 종의 역사에서 볼 때 '호모 사피엔스 사피엔스'의 정통 후계자는 흑인이다. 흑인이 큰집이고 황인과 백인은 나중에 분가한 작은집이다.

여기는 미국의 LA.

채나가 돌아왔다.

갓 채나가 되어!

7장

CIA 요원 피습 사건

미합중국 백악관 비서실장(White house chief of staff) 데니스 W 카드가 한 손에 연필을 쥔 채 금테 안경을 고쳐 쓰며 산더미 같은 서류들을 세세히 살폈다.

다음 주에 도착하는 각 국의 국가원수급 VIP들의 방문 일정을 기록한 서류들이었다.

미국은 세계 초강대국답게 일 년 내내 각국 VIP들의 방문이 끊이질 않는다.

그 덕분에 정상회담을 위해 미국을 방문하는 각국 원수의 의전 예우 수준도 국빈방문, 공식방문, 실무방문 등으로 나눠졌다.

예전에 우리나라 대통령이 미국을 방문했을 때처럼 약 30분

정도 미국 대통령을 만나는 공식실무방문과 미국을 여행하기
위해 찾아오는 개인적인 방문은 여기에 포함되지 않는다.

"……!"

한순간 카드 실장이 눈을 반짝였다.

아주 신기한 점을 발견했기 때문이다.

카드 실장이 재빨리 서류들을 다시 뒤졌다.

20일 중국 요요림 주석(국빈방문)

21일 영국 노동당 당수 할리웨이 의원(개인방문)

22일 한국 대통령 후보 민광주 의원(국빈방문)

22일 일본 자민당 간사장 후리야만 의원(공식실무방문)

23일 러시아 니콜라이 총리(공식방문)

23일 브라질 세르징요 총리(공식방문)

23일 캐나다 하원의장 메이저 의원(공식방문)

23일 오스트레일리아 요한슨 총리(개인방문)

"분명하군! 이 VIP들은 하나같이 LA에서 열리는 채나 킴 음
반 쇼케이스에 참석할 예정이야."

딸깍! 카드 실장이 금테 안경을 벗어 책상에 내려놨다.

"여덟 나라의 국가원수급 VIP들이 약속이나 한 것처럼 미국
을 방문해서 채나 킴 쇼케이스에 참석을 한다?! 이게 무슨 뜻
이지? 우연의 일치? 모두 채나 킴 팬?"

카드 실장이 머리를 쓸어 넘기며 벌떡 일어섰다.

확실히, 카드 실장은 미국 대통령의 머릿속에 든 뇌라는 소리를 들을 만했다.

산더미 같은 서류를 검토하면서도 아주 미세한 부분을 놓치지 않았다.

하지만 카드 실장이 알아낸 것은 여기까지였다.

실로 오랜만에 선문의 제자들이 채나의 음반 쇼케이스를 명분 삼아 미국에서 회합을 갖기로 했다는 사실은 죽었다 깨어나도 알 수가 없었다.

요요림 주석부터 요한슨 총리까지.

선문의 97대 대종사 장룡이 남겨놓은 아홉 명의 외전 제자였다.

모두 채나의 사형과 사저였고!

"대체 뭘까? 채나 킴 쇼케이스 장소에서 APEC 정상회담을 하는 것도 아니고."

카드 실장이 팔짱을 낀 채 하얀 눈이 쌓이는 백악관의 잔디밭을 물끄러미 쳐다봤다.

APEC은 Asia Pacific Economic Cooperation의 머리글자로 아시아 태평양 경제협력체를 뜻한다.

환태평양 국가들이 경제적 정치적 협력을 돈독히 하고자 만든 국제기구다.

총 21개 국가가 참여하여 매년 각 나라의 정상들이 모여 회담을 연다.

"결국, 캡틴께서도 채나 킴 쇼케이스에 참석하시는 게 국익에 도움이 된다는 얘긴데? 골치 아프군! 캡틴께서 가시면 미국 대통령이 일개 가수의 음반 홍보 식장에 참석했다고 말이 많을 텐데……."

카드 실장은 하워드 미국 대통령을 캡틴이라고 불렀다.

삐익! 카드 실장이 책상 위의 인터폰을 눌렀고.

"지난번에 내무부 지질조사국(USGS)에서 올린 국내 지하자원 조사 보고서 있지?"

—네! 실장님.

"그거 가져와!"

—알겠습니다.

여비서에게 지시를 하고 인터폰을 껐다.

"정 말이 많으면 채나 킴이 우리 공화당원이어서 격려 차 참석했다고 둘러치자고. 캡틴이 팝 마니아라는 사실은 국민이 다 아는 바고!"

채나는 아주 오래전에 미국 공화당에 가입한 당원이었다.

그동안 한 번도 당비를 거르지 않고 납부한 진성당원.

카드 실장이 중얼거리며 다시 금테 안경을 썼을 때.

뜻밖에도 금발의 중년 사내, 미국 대통령 법률고문인 래더 변호사가 서류철을 든 채 미소를 띠며 들어왔다.

좌 래더 우 카드라고 불리는 하워드 대통령의 최측근이었다.

"잘 왔네, 래더! 그렇지 않아도 자네를 봤으면 했네."

"왜? 난 자네가 보자고 하면 겁부터 더럭 나. 또 큰일이 터졌구나 해서 말야."

"핫핫! 이번엔 작은 일일세. 캡틴께서 LA에서 열리는 채나 킴 음반 쇼케이스에 참석하시겠다는데… 자네 생각은 어떤가?"

"정말인가?"

"뭐, 캠프 데이비드에 가서 며칠 쉬시는 것보다 채나 킴 쇼케이스에 참석하시게 여러 모로 국익에 보탬이 될 것 같기도 하네."

카드 실장은 비서실장들이 흔히 그렇듯 자신의 생각을 마치 대통령의 생각인 양 말했다.

이래서 '문고리' 권력이란 말이 생겼다.

대통령이 뜻과는 상관없이 측근들이 전횡을 했기에.

캠프 데이비드는 미국 메릴랜드 주 캐톡틴 산에 있는 미국 대통령 전용 별장을 말한다. 워싱턴 D.C에서 113㎞쯤 떨어져 있다.

"나도 데리고 갈 건가?"

"다녀와서 재미있게 얘기를 해줌세. 핫핫핫!"

"펫! 어쨌든 물어봤으니 대답을 하지."

래더 변호사가 샐쭉하며 입을 열었다.

"대통령께서는 무조건 가셔야 하네. 채나 킴은 세계 문화대통령일세. 가면 오천 명쯤에게 욕을 먹겠지만 안 가면 오억 명에게 욕을 먹을 걸세."

변호사답게 명쾌하게 결론을 내렸다.

"자네가 찾았던 이 보고서가 결정적인 증거일세!"

툭!

래더 변호사가 가지고 온 서류철을 책상 위에 던졌다.

…로키산맥 속에 잠들어 있는 백금광은 현 시가로 계산할 때 1조 5천 억 달러를 상회…….

…로키산맥의 광활한 땅 중에 유일한 사유지… 세계적인 슈퍼스타 인 채나 킴이 지주로 최종 확인되었…….

잠시 후, 카드 실장이 서류철을 덮었고.

"내 기억이 틀렸으면 했는데 이럴 땐 너무 정확해."

이마를 좁혔다.

"확실히 신은 불공평해. 돈을 줘도 꼭 있는 놈에게 몽땅 몰 아주거든. 세계적인 슈퍼스타면 됐지 세계 제일 부자까지 만 들 필요가 있나?"

"흐흐흣! 노래 실력도 실력이지만 돈복도 굉장한 친구야."

카드 실장과 래더 변호사가 이해하기 힘든 대화를 나눴다.

"혹시 요요림 주석 등이 채나 킴의 쇼케이스에 참석하는 이 유가 이·백금 때문일까?"

"절대 그렇지 않아. 이 보고서의 내용을 아는 사람은 대통령 님을 포함해 겨우 다섯 명 남짓이야!"

카드 실장이 의미를 알 수 없는 질문을 던지자 래더 변호사 가 강력하게 부인했다.

"세계적인 슈퍼스타까지만 해도 반항을 해보려고 했는데 세계 제일 부자에서 손을 들게 만드는군."

"장차 세계 제일의 부자가 될 분에게 미리 아부를 하는 것도 괜찮아. 대통령께서 재선을 하시는 데 키가 될 수도 있고!"

"땡큐!"

삐익! 카드 실장이 결정했다는 듯 고맙다는 인사를 하며 다시 인터폰을 눌렀다.

"캡틴 계시지?"

"예, 실장님!"

"내가 지금 래더 변호사와 함께 뵈러 간다고 말씀드려. 급한 용건이야."

"알겠습니다, 실장님!"

카드실장이 주섬주섬 서류를 챙겼다.

그리고 아주 짧게 세 통의 전화를 끝내고 래더 변호사와 함께 사무실을 나섰다.

여기서 잠깐!

카드 실장이 살짝 흘린 백금과 화이트골드는 어떻게 다를까?

화이트골드를 우리말로 번역하면 백금이라구?

아니다. 전혀 다른 금속이다.

금의 원소 기호는 Au고 백금은 Pt다.

화이트 골드는 우리가 아는 황금(Gold), 그 금에 은이나 니켈, 아연 등을 섞어 만든 허연 금, 백색금이다. 마무리로 색깔을 내기 위해 하얗게 도금을 한다. 백금은 영어로 번역하면 화이트 골드가 아니라 플래티넘(Platinum)이다.

백금은 다이아몬드처럼 변색이 되지 않는다.

보통 PT850, PT950 등으로 표기한다.

백금이 황금, 골드보다 비싸다.

동네 금은방에는 화이트골드가 있을 뿐 백금은 없다.

그만큼 백금은 황금보다 귀한 금속이다.

*   *   *

앵앵앵!

FBI 이니셜이 선명하게 찍혀 있는 SUV 승용차 다섯 대가 경광등을 켠 채 사이렌을 울리며 워싱턴 D.C의 덜레스 국제공항을 향해 미친 듯이 달려갔다.

"백악관 놈들은 다 나쁜데 이건 더 나빠!"

승용차 안에서 방탄복을 걸치고 총기를 점검하던 미연방수사국 FBI 국가안보부 존 켈리 차장이 휴대폰을 신경질적으로 끊으며 툴툴거렸다.

백악관 비서실 카드 실장에게 온 전화였다.

"전화 한 통이면 모든 게 해결되는 줄 알아, 개시키!"

"또 경호 명령입니까?"

뒷자리에 앉아 있던 사십대 남자가 뚱한 얼굴로 물었다.

"그래! 크리스마스이브에 제로께서 캠프 데이비드로 안 가시고 LA로 가신단다."

"어후후— 미치겠네."

"모처럼 크리스마스를 식구들과 함께하나 했더니 숏 됐네."

"마누라한테 잔소리 꽤나 듣겠다. 큰소리 꽝꽝 쳤는데……"

제로(ZERO)는 FBI 국가안전부 대원들이 미국 대통령을 지칭하는 음어였다.

그동안 미국 대통령의 경호는 가장 가까운 거리, 근접 경호는 대통령 경호실 SS에서 맡았고 2선 경호는 CIA, 3선 경호는 FBI, 4선 경호는 경찰에서 맡아왔다.

FBI의 국가안전부 대원들은 별다른 사건이 없을 때는 대통령 경호 임무에 투입됐다.

하지만, 추운 겨울에 그것도 크리스마스이브에 예정에 없던 경호임무를 맡으라니 대원들의 입이 튀어나올 수밖에 없었다.

"아니, LA에 얼마나 중요한 일이 생겼기에 매년 가시던 캠프 데이비드까지 취소하시고 가신대요?"

대원들 중 막내인 피터가 물고 늘어졌다.

"글쎄, 난 정치가가 아니라서 모르겠다. 제로께서 채나 킴 쇼케이스에 참석하시는 것이 국익에 그렇게 도움이 되나?"

"그, 그럼 제로께서 채나 킴 쇼케이스에 가시는 겁니까?"

"그렇댄다. 누가 팝 마니아 아니라고 할까 봐 그러시는지 원!"

"캬후후후—"

갑자기 툴툴거리던 피터가 환성을 질렀고.

"오우, 지저스!"

"정말 FBI에 들어온 보람을 느끼네. 우후후!"

짝! 오 초 전까지만 해도 입이 댓 발쯤 튀어나왔던 대원들이 이구동성으로 탄성을 터뜨리며 하이파이브까지 했다.

"왜, 왜 그래? 느닷없이 변한 이 분위기는 뭐야?"

켈리 차장이 어리둥절했다.

"근데 차장님! 스테폴스 체육관에서 3선 경호면 어디까지죠?"

"혹시 우리 섹터가 체육관 밖 아닙니까?"

"체육관 밖이면 난 바로 사표다."

"맞아! 거기까지 가서 갓 채나를 못 본다면 내 미래는 희망이 없어."

대원들이 다시 채나를 거론하며 이제 경호섹터를 걱정했다.

그제야 켈리 차장이 상황을 파악했다.

이들은 모두 채나교도였다.

그거도 앞에 '광' 자가 붙은.

"이거 잘못하면 우리 FBI가 대통령 경호가 아니라 채나 킴 경호를 하러 가겠구만."

켈리 차장이 낄낄댔다.

"당근이죠!"

"대통령이야 사 년이면 바뀌지만 갓 채나는 저의 영원한 신이죠. 제가 죽기 전에는 절대 바뀌지 않을 겁니다. 우헤헤헤헤!"

"핫핫핫! 우후후!"

피터가 채나교도답게 채나 특유의 목소리와 웃음소리를 흉내 내자 중년 대원들이 폭소를 터뜨렸다.

애애애앵! 끽끽!

바로 그때, 요란한 사이렌 소리와 함께 FBI 차량들이 일제히 멈췄다.

"어이쿠! 완전히 전쟁터네."

켈리 차장이 대원들과 함께 차에서 내리며 인상을 구겼다.

눈발이 쏟아지는 워싱턴 D.C 덜레스 국제공항 입구의 팔차선 도로는 그야말로 전쟁터를 방불케 했다.

폴리스 라인이 쳐져 있는 아스팔트 위에는 연쇄 추돌이 벌어진 듯 반파된 트럭부터 시작해서 승용차와 승합차 등 십여 대의 차량이 마구 뒤섞여 있었고.

삑삑! 교통경찰들이 호루라기를 불면서 땀을 뻘뻘 흘리며 교통정리를 하는 가운데 FBI와 경찰 등이 어울려 현장을 조사를 하고 있었다.

"차장님! 나오셨습니까?"

FBI 이니셜이 박힌 방탄조끼를 걸친 사십대 대원이 재빨리 다가와 켈리 차장에게 인사를 했다.

"어떻게 된 거냐? 제임스!"

"흔한 음주운전 사고입니다. 마이클 A 아서라는 중년남자가 만취 상태에서 운전을 하다가 일으킨 연쇄 추돌 사고입니다."

"뭐야! 음주운전 사고라고? 그럼 D.C 경찰들에게 맡기면 되지 왜 우리를 오라 가라 지랄이야? 바빠 죽겠는데 장난치나?"

사건의 요지를 보고 받은 켈리 차장이 핏대를 올렸다.

음주운전 사고는 경찰소관이지 FBI와는 전혀 관계가 없는 사건이었기 때문이다.

"아서라는 중년 남자가 전국에 40개나 되는 주유소를 경영하는 빵빵한 사람입니다."

"주유소를 40개나 갖고 있어?!"

켈리 차장의 핏대와는 상관없이 제임스 대원이 계속해서 보고를 했다.

40개의 주유소라는 말이 켈리 차장의 흥미를 끌었고.

"차량이 전복되면서 폭발을 할 때 매캐한 화약 냄새가 풍겼다고 합니다."

"호오! 매캐한 화약 냄새가 풍겨?"

화약 냄새라는 보고에 켈리 차장이 덥석 미끼를 물었다.

폭발물 사고라면 FBI 관할이었다.

"…게다가 전직 CIA 요원이었습니다. 차장님!"

"……!"

전직 CIA 요원이라는 제임스의 마지막 말은 사이렌 소리에 묻혀 거의 들리지 않았다.

"재미있군. CIA 쪽에 연락은 했나?"

"CIA에서 먼저 나와 있었습니다."

"그래, 잘됐네. 이 사건은 CIA에 넘기고 우리는 LA로 가자고."

CIA라는 말에 켈리 차장이 급 흥미를 잃었다.

CIA가 개입된 사건들 중에서 FBI가 본전을 찾은 사건은 하나도 없었다.

CIA는 이름만 들어도 피곤한 집단이었다.

제임스는 전혀 그렇지 않은 듯 수첩까지 살피며 열심히 주워섬겼다.

"한데 차장님! 아서라는 사람은 술을 한 잔도 못한답니다. 알코올 알레르기가 있어서요."

"이것 봐라? 알코올 알레르기가 있는 CIA 요원이 음주운전을 했다? 그것도 엄청난 부호가? 죽었나?"

"아직은 살아 있습니다."

"홋! 아직은 살아 있다구?"

"연료 탱크가 폭발하면서 겨우 상반신만 남았습니다. 그것도 화상을 입어서 형태조차 알아볼 수 없을 정도로 잘 익은 불고기가 됐습니다. 당장 죽어도 이상하지 않을 몰골입니다."

이때, 911대원 두 명이 하얀 천에 가려진 철제 침대를 끌고 왔다.

켈리 차장이 다가가 천을 들췄다가 재빨리 덮었다.

"맞네. 차라리 죽는 게 나을 뻔했어."

"안타깝습니다. 다쳐도 어떻게 저렇게 심하게 다쳤는지 원?"

"……!"

찰라, 켈리 차장이 뭔가 생각난 듯 두 눈에 별이 떴다.

"잠깐만!"

잘 익은 불고기 된 아서의 몸에서 뭔가를 발견했다.

켈리 차장이 아서를 실은 침대를 스톱시켰고.

다시 하얀 천을 벗겼다.

화상으로 물러터진 아서의 어깨에서 종이 한 장을 떼어냈다.

'34' 라는 숫자가 적혀 있는 종이였다.

"이건 무슨 표시요?"

켈리 차장이 종이를 911 대원에게 내밀었다.

911 대원이 아는 바 없다고 어깨를 으쓱했다.

"알았소! 일하시요."

"34? 이게 무슨 숫자지? 경찰들이 붙여 놨나?"

켈리 차장이 아무 의구심도 갖지 않고 34라 쓰여진 종이를 주머니에 쑤셔 넣었다.

그리고 본부로 돌아가는 길에 고속도로 휴게실의 화장실에서 무심코 버렸다.

34라는 숫자는 35명 중에서 한 사람이 처리됐으니 34명이 남았다는 뜻이었다.

이 숫자의 내막을 아는 사람은 이 지구상에 살고 있는 사람들 중에 딱 하나.

채나뿐이었다.

*   *   *

수다쟁이 체스터.

CIA 작전부 국내과 LA지부장 체스터의 별명이었다.

CIA 수다쟁이 하면 LA에서는 유명했다.

LA경찰이고 FBI고 모두 알았다.

어떤 정보를 두고 FBI나 경찰하고 경합이라도 붙을라치면 질릴 만큼 말을 많이 해서 수다쟁이라고 불렀다.

하지만 체스터를 수다쟁이라고 놀리긴 했어도 욕을 하지는 못했다.

랭글리 숲 속에 우리나라 신촌만큼이나 되는 넓은 땅에 자리 잡은 '작은 정부'로 불리는 초막강 조직 CIA가 뒤에 버티고 있었기 때문이다.

LA지부장을 맡을 만큼 고위층이었고.

이 괴상한 CIA 요원은 지금처럼 난감한 사건이 터지면 더욱 말이 많아진다.

엊그제 자신의 집에 놀러와 맛있는 스테이크를 해줬던 유명한 요리사이자 CIA 동료인 쬬우가 총에 맞고 기름에 튀겨진 현장.

무려 백 년의 역사를 자랑하는 LA다운타운에 있는 유명한 스테이크 하우스인 퍼시픽 레스토랑이었다.

본부 요원 두 명이 LA 코리아타운에서 총에 맞은 지 이틀 만에 벌어진 사건이었다.

"몇 번을 생각해 봐도 이해가 안 돼. CIA에서 30년을 넘게 근무한 내가 왜 이런 정치꾼들의 명령에 따라야 돼?"

백악관 카드 실장에게 전화를 받은 체스터 지부장은 FBI 국가안전부 켈리 차장보다 세 배쯤 더 기분이 나빴다. 기분이 나빠지면 더욱 말이 많아지는 것이 체스터의 버릇이었고.

"흐흣, 백악관입니까? 지부장님!"

마크 요원이 쓴웃음을 흘리며 질문을 던졌다.

질문을 하고 싶어서 하는 것이 아니라 대꾸를 해주지 않으면 체스터는 기분 나빠하고 기분이 나쁘면 더욱 말이 많아지기 때문에 어쩔 수 없는 선택이었다.

자신의 고과성적을 평가하는 직속 상사이기도 했고.

"이 비서실장이란 놈 펜실베니아대 교수 출신이라고 했지? 전공은 중세 유럽사고!"

"저는 그렇게 알고 있습니다."

"이게 말이 되냐? 책상 위에서 중세유럽사를 공부한 놈한테 베트남부터 이라크까지 그 살벌한 전쟁터를 누빈 군인인 내가 명령을 받는 게?"

체스터 지부장은 입으로는 연신 백악관 카드 실장 욕을 하면서 눈은 퍼시픽 레스토랑의 곳곳을 훑고 있었다.

현직 CIA 요원의 피습 사건!

이것은 보통 사건이 아니다. 곧 국가권력에 도전하는 엄청난 사건이었다.

죠우는 요리사라는 신분으로 위장을 하고 정보를 수집하던 CIA요원이었다.

그것도 전직이 아닌 현직 CIA요원.

체스터 지부장과 같이 CIA에서 무려 삼십여 년 동안이나 밥을 먹은 베테랑이었다.

수다를 떨며 정보를 수집하는 것도 체스터의 독특한 버릇이었다.

"독수리를 경호하라는 명령인가요?"

마크 요원이 체스터 지부장의 말이 길어지려고 하자 얼른 화제를 돌렸다.

"웅! 독수리께서 캠프 데이비드에 가시지 않고 LA에 오신다고 경호에 만전을 기하라는 명령이야. 군인 코스프레를 하기로 했는지 아주 목소리가 단호해!"

독수리는 CIA 요원들이 미국 대통령을 지칭하는 음어였다.

체스터 지부장은 평생을 해병대에 복무하면서 CIA 요원으로 활동한 전형적인 군인이었다. 오래전에 군복을 벗기는 했지만 민간인 출신에게 명령을 받는다는 것이 영 마뜩치 않았다.

어찌 보면 자존심이 상할 만도 했다.

수십 년 동안 군에 있었던 사람이 중세유럽사를 전공한 사람에게 명령을 받는다?

왠지 코믹했다.

하지만 별 뾰족한 수가 없었다.

법률상 백악관 비서실장은 CIA LA지부장보다 하아안참―위에 있었다.

"여기로 오신다면 채나 킴 쇼케이스에 참석하시기 위해서 겠군요."

"어떻게 알았냐?"

"호홋! 독수리께서 유명한 팝 마니아 아니십니까?"

"그것도 이해가 안 돼! 아니, 미국 대통령이 그렇게 할 일이 없어서 일개 가수가 음반을 선전하는 걸 구경 가냐? 그것도 공식적으로 말야."

체스터 지부장은 갓 채나를 모르는 아주 극소수 미국인 중 한 명이었다.

"독수리는 정치가 아닙니까? 독수리에게는 이라크 파병문제보다 더욱 중요할 수도 있습니다."

"무슨 소리냐?"

"채나 킴 뒤에는 수억 명의 팬덤이 버티고 있습니다. 그 팬덤들에게 밉보이면 독수리가 참새가 될 수도 있으니까요."

"그러냐? 결국 내가 돌 머리라는 얘기구나."

마크 요원이 채나와 부딪치면 하워드 대통령의 재선에 빨간 불이 켜질 수도 있다는 말을 에둘러하자 체스터 지부장이 납득이 된 듯 고개를 주억거렸다.

체스터 지부장도 미국 토박이였기에 미국에서 연예인이나 스포츠 스타들의 위상이 어느 정도인지 대충은 알았다.

체스터와 마크 요원이 퍼시픽 레스토랑의 일 층을 지나 지하로 향했다.

"아무튼 직원들이 좋아하겠군요. 크리스마스이브에 뺑뺑이

돌린다고 투덜댈 텐데 채나 킴 쇼케이스 장소에 일하러 간다면 지부장님만 빼고 몽땅 지원할 겁니다."

"채나 킴 인기가 그 정도냐? 설마 독수리를 존경해서 그런 건 아닐 테고?"

"으흐흐! 지부장님도 미친 척하고 채나 킴 노래를 한 번 들어 보시죠? 더도 말고 딱 한 번만 들어보시면 제 말이 이해가 되실 겁니다."

"……!"

"채나 킴의 목소리는 어떤 마약보다 중독성이 강합니다."

"그래? 채나 킴 쇼오케이스에 참석하면 귀를 열고 들어보지!"

"라이브는 아예 죽음이라고 하더군요. 패닉이 오지 않으면 정신병자거나 귀머거리 둘 중 하나랍니다. 으흐흐흐!"

마크 요원이 채나 얘기를 하면서 얼굴이 벌겋게 변할 때 두툼한 점퍼 차림의 CIA 요원 두 명이 다가왔다.

"당분간 현장을 밀폐하고 우리 요원 외에 어떤 사람도 접근하지 못하게 하라는 본부의 지시입니다."

"뒷북은? 보다시피 지금 그렇게 하고 있잖아?!"

마크 요원과 채나 얘기를 하면서 막 풀리려던 체스터 지부장의 기분이 확 나빠졌다. 삼십대 요원은 LA지부에 근무하는 CIA요원이 아니라 본부에서 급파된 감독관이었다.

"부장님께서 시립병원에서 지부장님을 기다리고 계십니다."

감독관이 체스터에게 체크, 장군을 불렀다.

"부, 부장님께서 오셨어?"

"예! 가시죠."

화이트 작전부장은 체스터 지부장이 CIA, 아니, 전 미국에서 유일하게 존경하는 사람이었다. 부상당한 체스터를 업고 지옥으로 변한 베트남 정글을 탈출한 사람이었기 때문이다.

체스터를 CIA LA 지부장으로 밀어준 사람도 화이트 부장이었고.

체스터 지부장이 CIA 요원들과 함께 급히 퍼시픽 레스토랑을 벗어났다.

"베트남에서 CIA교관에게 살인술을 배웠다?"

현역 해군 소장인 CIA 화이트 작전부장이 어떤 병실의 창가에 서서 입을 열었다.

"…키가 훌쩍 크고 눈이 동그란 잘생긴 동양인 아니었나? 말투가 아주 부드럽고."

"옛! 말씀 그대로였습니다."

화이트 부장이 질문을 하자 붕대를 동여맨 채 침대에 누워 있던 장발의 동양인이 힘차게 대답했다.

바로 코리아타운 올림픽가의 건물에서 모 중사 등과 육박전을 벌렸던 CIA요원들이었다. 흑인 노숙자에게 총을 맞았던!

"미스터 모로군!"

화이트 작전부장이 야릇한 미소를 띠웠고.

"재미있군. 그 뛰어난 실력으로 미뤄 나처럼 어느 부대를 지휘하고 있을 줄 알았는데 고작 연예인 경호원을 하고 있었나?"

고개를 갸우뚱했다.

"운이 좋았다. 미스터 모는 베트남에 있던 특수부대원들 중에 칼을 가장 잘 썼지. 거의 예술이었어."

화이트 부장은 모 중사를 정확히 알고 있었다.

베트남 전쟁이 한창일 때 같은 작전에 투입됐던 전우였다.

CIA 요원을 보내 채나를 감시하게 했던 사람은 바로 화이트 부장이었고.

"……!"

"한 가지 사건은 해결됐군. 너희와 시비가 붙은 자들의 정체를 정확히 알았으니까!"

그때, 체스터 지부장이 CIA 요원 두 명과 함께 병실로 들어왔다.

척! 체스터 지부장이 양복을 입었음에도 군인처럼 거수경례를 했다.

화이트 부장도 거수경례로 인사를 받았고.

"죠우가 죽었다구?"

"아직… 죽지는 않았습니다, 장군님!"

체스터가 버릇이 된 듯 화이트 부장을 장군이라고 불렀다.

현역 해군 소장이니 틀린 호칭은 아니었다.

"아직 죽지는 않았다? 곧 죽을 거라는 말이군."

"가슴과 허리에 두 발의 총알을 맞은 후 스테이크 기름을 뒤집어썼습니다. 펄펄 끓는!"

"죠우를 데려와!"

"옛 썰!"

화이트가 명령했고 체스터가 씩씩하게 대답을 했다.

수다쟁이 체스터는 그 어디에도 없었다.

드르륵!

병실 문이 열리며 남자 간호사 두 명이 대여섯 개의 링거 병을 주렁주렁 매단 채 붕대로 칭칭 동여맨 환자가 누워 있는 침대를 밀고 들어왔다.

그야말로 누에고치가 따로 없었다.

눈과 발만 내놓은 채 모조리 하얀 붕대에 감겨 있었다.

삐죽 솟은 시커먼 발이 흑인임을 가르쳐 줬다.

"의식은 있나?"

"현장에서는 가물가물하나마 있었습니다. 지금은 사라졌습니다."

"이놈… 노름 좋아하지?"

"어제 밤에도 모처에서 카드를 즐긴 것으로 파악됐습니다. 노름판이 늘 그렇듯 꾼들과 다툼이 있었구요."

"결국 노름꾼이 원한을 갖고 죠우를 쐈다는 말이군."

"원한 관계가 아니라면 굳이 두 발의 총알을 맞은 상대에게 펄펄 끓는 기름통을 부을 필요는 없었을 겁니다."

체스터가 이미 사건의 전모를 파악한 듯 일목요연하게 브리핑했다.

"이 대목에서 납득이 안 돼. 죠우가 거칠긴 해도 뒤끝이 없어서 남에게 원한을 살 성품은 못되는데 말야."

"그 점이 저도 이해가 안 됩니다."

"좋아! 이 사건은 특수부에게 넘기고 자네는 독수리 경호에 만전을 기해."

"옛 썰!"

다시 체스터가 거수경례를 하며 대답했다.

바로 그때였다.

누에고치처럼 붕대에 둘둘 말려 누워 있던 죠우가 신음을 토했다.

"…무슨 소리지?"

"쉬!"

화이트부장이 조용히 하라고 손을 들었다.

죠우에게 귀를 바짝 갖다 댔다.

"써티… 쓰리……."

"써티 쓰리?! 33? 33이 무슨 뜻이냐? 죠우!"

화이트 부장이 빽 소리쳤다.

하지만 더 이상 신음이 들리지 않았다.

33이란 숫자는 죠우에게 펄펄 끓는 기름통을 뒤집어 씌웠던 인간들이 죽기 전에 외우라며 내맡았던 말이었다.

본능적으로 화이트 부장에게 그 말을 토했다.

죠우의 마지막 의식의 끈이 끊어졌다.

"33? 33이 무슨 뜻이지?"

33은 32 다음 숫자다. 34 이전 숫자고!

이때까지만 해도 화이트 부장은 이 숫자의 뜻을 전혀 몰랐다.

이제 33명 남았다는 뜻이었다.

이 33이란 숫자의 이미는 이 세상에서 채나만 알고 있었다.

'재미 과학자 김철수 박사 일가족 피살사건'의 복수가 시작되고 있었다.

8장

세계 제일 부자

당신 만 먼저 하늘나라에 갔다고 섭섭해하지 말아요.

언젠가 우리도 당신을 따라 하늘나라에 갈 거예요.

채린이 기침이 심했는데… 잘 돌봐주세요.

사랑해요.

미안, 채린! 엄마가 끝까지 돌봐주지 못했네.

하늘나라에 가도 외롭지는 않을 거야.

아빠가 옆에 계시잖아.

저기 하늘에서 가장 예쁘고 빛나는 별… 바로 채린이네.

언제라고 꼭 집어 말할 순 없지만 곧 엄마랑 다시 만나게 될 거야.

그때까지 잘 있어. 감기 조심하고!

사랑해.

예쁜 꽃다발이 놓여 있는 동판에 이렇게 쓰여 있었다.

두 개의 무덤이었다.

무덤을 만든 지 얼마 되지 않은 듯 잔디가 채 자라지 않았고 누런 흙들이 여기저기 널려 있었다.

미국 LA 근교에 있는 태평양이 바라다 보이는 언덕 위였다.

방이 무려 열다섯 개나 되고 수영장과 승마장에 10㎞쯤이나 되는 백사장까지 품고 있는 바닷가에 위치한 대저택 안이었다.

미국과 우리나라의 장례문화는 많이 다르다.

그중에 하나가 이런 점이다.

우리나라 사람들은 시체가 매장된 무덤을 무서워하고 멀리하지만 미국인들의 생각은 조금 다르다.

동네에서 가장 풍광이 좋은 곳, 사람들이 살고 있는 바로 집 옆에 무덤들이 놓여 있다. 심지어 이렇게 집 안에 무덤을 만들어 놓기도 한다.

죽어서 멀리 떠난 것이 아니라 영원히 자신들과 같이 살고 있다는 의미였다.

언젠가, 미국으로 이민 간 우리나라 사람들이 무덤이 동네 안에 있는 것을 보고 화들짝 놀라 모조리 다른 동네로 이사를 갔다.

그 후 무덤이 있던 동네에 리조트가 들어와 개발이 되면서

땅값이 천정부지로 치솟아 후회막급이었다는 일화가 있을 정
도다.

툭툭! 눈물인가?

물방울이 무덤 위에 떨어졌다.

눈물이 아니라 빗물이었다.

쏴아아아아!

오랜만에 LA에 비가 내리고 있었다.

사막만큼이나 건조한 LA는 일 년에 고작 이십 일쯤 비가 내
린다.

그래서 비는 LA의 꽤나 귀한 손님이다.

오늘이 그 이십 일 중 하루였다.

…….

언제부터인지 온몸을 노란색 우비를 뒤집어쓴 채나가 말없
이 무덤 앞에 서 있었다.

행운이 겹쳐 스케줄이 빵구 난 날.

채 오후 한 시도 되지 않았지만 비가 내려서 그런지 어둑어
둑한 저녁 무렵으로 느껴졌다.

쏙! 스노우가 채나의 품속에서 얼굴을 내밀었다.

쪼르르 가슴을 타고 올라가 채나의 얼굴을 핥았다.

채나의 얼굴에 눈물인지 빗물인지 모를 물이 흐르고 있었기
때문이다.

스노우는 채나의 얼굴에 흐르는 물이 눈물이라는 것을 알았
다.

짐승의 본능은 인간보다 훨씬 발달해 있다.

한순간, 채나가 스노우를 안았다.

하늘나라 소녀… 그대는 하늘나라 소녀……

처음 들어보는 노래를 나직이 읊조리며 돌아섰다.

아주 슬픈 발라드풍의 노래였다.

왠지 처연한 기분이 들었다.

차박차박!

채나가 스노우를 안은 채 빠르게 언덕을 내려갔다.

이어 가볍게 뛰기 시작했다.

여전히 채나의 얼굴에는 물이 흘러내리고 있었다.

사람들의 눈에는 빗물로 짐승들의 눈에는 눈물로 보이는…….

잠시 후 채나가 대저택의 정문을 벗어났다.

LA 다운타운에서 자동차로 삼십 분쯤 걸리는 말리브 해변가에 있는 저택이었다.

미국 슈퍼스타들의 별장이 모여 있다는 그 유명한 동네.

채나는 얼마 전에 이 저택을 구입했다.

세계 각처에서 국가원수급에 버금가는 손님들이 LA를 방문했고 한국에서 친척들과 지인들이 경쟁하듯 찾아왔기에 단돈(?) 300만 달러를 주고 샀다.

제일 먼저 뉴욕 시립묘지에 잠들어 있던 아빠인 김영수 변호사와 동생인 채린이를 이곳으로 옮겨왔다.

큰아빠인 김철수 박사의 시신은 오래전에 김집 교장이 한국으로 운구해 갔다.

"……!"

저택의 경비실에서 앉아 있던 모 중사가 채나를 발견했다.

모 중사가 급히 우비를 걸치고 채나를 뒤따랐다.

철썩철썩!

채나가 파도가 넘실거리는 해변으로 접어들었다.

계속해서 모래사장을 뛰기 시작했다.

모 중사가 쫓아왔다.

쿵쿵쿵!

저 멀리서 우비를 쓴 채 묵직하게 뛰어오는 방그래의 모습이 보였다.

한 시간, 두 시간… 계속해서 채나가 뛰고 있었다.

이제 백사장을 벗어나 아스팔트길로 접어들었다.

말리브에서 산타모니카로 이어지는 그 유명한 자전거 도로였다.

모 중사와 방그래가 지치지 않고 따라왔다.

채나나 모 중사나 방그래는 밥만 먹여 주면 이틀이고 사흘이고 쉬지 않고 뛸 수 있는 강철 체력의 소유자들이었다.

어느 순간 채나가 주택들이 늘어선 마을로 들어섰다.

전형적인 미국의 중산층들이 사는 동네였다.

문득, 작은 초등학교 정문 앞에서 멈췄다.

쏴아아아아!

우산을 받쳐 든 엄마들이 학교 앞에 마중을 나와 아이들에게 우산을 씌우고 손을 잡고 돌아가고 있었다.

채나가 한참 동안을 쳐다봤다.

"비를 좋아하십니까? 회장님!"

모 중사가 다가오며 입을 열었다.

"아니, 싫어해."

채나가 특유의 무뚝뚝한 단답형 말투로 대꾸했다.

"어릴 때 이렇게 느닷없이 비가 오는 날이면 다른 애들은 대부분 엄마 아빠들이 학교 앞에 우산을 가지고 마중을 나왔어. 난 할아버지나 할머니가 오셨고."

"……."

채나가 몸을 돌렸다.

"난 그게 그렇게 싫었어. 할아버지가 오실 걸 뻔히 알면서 학교에서 빠져나와 그냥 거리를 쏘다녔어. 그땐 너무 어려서 미국의 거리가 얼마나 무서운지 몰랐거든. 노래를 부르며 비를 맞으며 마구 쏘다녔지!"

"허허, 그러셨군요. 어릴 땐 누구나 튀는 것을 싫어하죠. 옷조차 친구들과 비슷한 것을 입고 싶어 하니까요."

"확실히 아이들에게 엄마 아빠는 중요해. 못났든 잘났든."

채나와 모 중사가 비가 내리는 학교 앞 길을 걸어가면서 도란도란 얘기를 나눴다.

채나와 모 중사는 이제 아빠와 딸이라고 해도 믿을 정도로 가까워졌다.

기본적으로 모 중사가 채나교도였기 때문이다.

"그래도 회장님은 할아버님이라도 마중을 나오셨군요. 전 아무도 없었죠. 그냥 집으로 혼자 걸어갔습니다."

"……?"

"딱히 집이란 것도 없었지만요. 제가 사는 곳은 허름한 고아원이었으니까요."

"……!"

모 중사의 입에서 고아원이라는 말이 떨어지자 채나가 움찔했다.

고아원은 엄마 아빠 같은 보호자가 없는 사고무친의 아이들이 가는 곳.

채나가 알고 있는 상식이었다.

"전 어릴 때 도시락을 가지고 다니는 것이 그렇게 싫었습니다. 정말 새까만 깡보리밥이었거든요. 반찬은 지독하게 짜고 퀴퀴한 냄새가 나는 무김치, 딱 한 가지였죠. 그래도 다행인 것은 제가 살았던 고아원은 종교재단에서 운영하는 곳이라서 그랬는지 하루 한 끼 밥은 꼭 먹여 줬습니다."

"…하루 한 끼?"

"예! 회장님께서는 잘 모르시겠지만 한국에서 살았던 우리 세대나 우리 윗세대들은 하루 세 끼 챙겨먹는 집안이 별로 없었습니다. 그저 두 끼 아니면 한 끼였습죠!"

"그렇구나! 모 영감에 비해서 난 아주 행복하게 자랐네."

모 중사가 먹는 것을 예로 들며 자신이 어렵게 살아왔던 어린 시절을 얘기하자 채나가 쉽게 이해가 되는 듯 고개를 주억거렸다.

"어릴 때 진짜 부러웠어! 친구들이 엄마 아빠랑 손잡고 놀러가고 어떤 음식점에서 나란히 앉아 뭔가 먹으며 깔깔대는 게 말야."

"……!"

모 중사도 이제야 어렴풋이 눈치를 챘다.

채나 또한 이 미국 땅에서 만만찮은 어린 시절을 보냈다는 것을.

"그때를 생각하면 지금도 괜히 짜증이 나!"

"허허! 과거는 그리 중요하지 않습니다. 현재가 중요하죠! 지금은 전 세계 수십억이나 되는 사람들이 회장님을 부러워합니다. 어릴 때 엄마 아빠와 손잡고 놀이공원에 가던 그 친구들을 포함해서 말이죠."

"후우… 정말?"

"그럼요!"

나이는 심심해서 먹는 게 아니었다.

모 중사가 흡사 채나 아빠처럼 아주 쉽게 채나의 우울했던 기분을 풀어줬다.

"저쪽을 보시죠! 제 말이 거짓말이 아니라는 증거입니다."

"……?"

모 중사가 빙그레 웃으며 저편 차도를 가리켰다.

고급 승용차에서 양복을 걸친 아주 잘생긴 젊은 신사가 내렸다.

활짝 웃으며 채나를 향해 손을 흔들었다.

"힉! 울 신랑이다—"

채나의 눈이 왕창 커졌다.

닥터 케인, 장한국이었다.

채나는 미국에 온 지 벌써 삼 주가 지났지만 신랑인 케인도 엄마인 이경희 교수도 만나지 못했다. 그저 전화로 안부를 확인했을 뿐이었다.

세 사람 모두 지독하게 바빠서 LA로 올 시간도 뉴욕에 갈 시간도 없었기 때문이다.

착! 스노우가 먼저 케인의 품에 안겼고

케인이 달려와 채나를 번쩍 안았다.

"와아아아아앙!"

울보 채나가 다시 그 가공할 울음보를 터뜨렸다.

아주 오랫동안 참아왔던 눈물이었다.

케인은 이런 사람이었다.

채나가 정말 외로워서 옆을 보면 어느새 케인이 서 있었다.

채나가 정말 힘들어서 뒤를 보면 어느새 케인이 달려왔다.

바로 오늘처럼!

허허허! 회장님께서 우리 신랑이 세상에서 제일 잘생겼다고 하더니 정말이구먼. 훤칠하고 아주 잘생겼어.

세상에 저렇게 잘 어울리는 한 쌍이 또 있을까?

모 중사가 빗속에서 꼭 껴안고 키스를 하는 채나와 케인을 보면서 탄성을 터뜨렸다.

"자식! 그만 울고 할아버지한테 가자. 용돈 주신대."

"흑흑흑… 진짜?"

채나가 좀처럼 눈물을 그치지 않자 케인이 가볍게 돈 얘기를 꺼냈고.

"그래! 꽤 큰 액수더구나."

"헤헤… 울 할아버지가 엉큼해서 그래."

채나의 울음이 금방 웃음으로 바뀌었다.

확실히 이들은 아주 어릴 때부터 사귀어 왔던 부부가 틀림없었다.

케인이 주어 없는 말을 해도 채나는 너무 잘 알아들었다.

"감기 걸리시겠습니다. 장소를 옮기시죠, 회장님!"

모 중사가 흐뭇한 아빠 미소를 지으며 입을 열었다.

"으응! 그래."

채나가 고개를 끄덕이며 케인에게 모 중사를 소개시켰다.

"인사해, 신랑! 전에 말했지? 울 엄마 옛날 앤!"

"아… 모 선생님? 처음 뵙겠습니다. 장한국입니다."

"이거 영광입니다,. 장 박사님! 그리고 이경희 교수님 옛날 애인이라고 말씀하신 건 회장님식 조크입니다. 염두에 두지 마십시오."

모 중사가 케인과 악수를 하며 애써 변명을 했다.

"홍! 꼭 열심히 만나야 앤인가? 엄마도 모 영감도 수십 년 동안 기억하고 있었으니까 그게 앤이지."

"어허허허! 그런가요? 갑자기 하늘을 나는 기분이네요."

채나가 앤에 대해서 간단히 정의를 내렸고 모 중사가 너털웃음을 흘렸다.

사랑은 늙었다고 해서 잊혀지지 않는다.

늙었기에 그저 잊은 척할 뿐이다.

"안녕하십니까? 형부!"

"그래! 우리 방 부장님 정말 보고 싶었습니다. 우리 울보 잘 부탁해요!"

"으흐흐흐… 형부는……."

방그래가 다가오면서 씩씩하게 인사를 하자 케인이 활짝 웃으며 방그래의 손을 잡았고 방그래가 큰 덩치를 배배 꼬았다.

꼬르륵!

이때, 채나의 배꼽시계가 울렸다.

"에헤헤헤! 이 녀석이 한참 뛰었다고 빨랑 밥 달래, 신랑!"

"후후후! 그래, 그래! 어서 먹으러 가자."

채나가 케인을 만나면서 우울했던 기분을 저 멀리 태평양으로 날려 버렸고.

　언제나처럼 케인이 채나를 번쩍 안고 자동차 쪽으로 걸어갔다.

＊　　　＊　　　＊

　차르르륵!

　어느 야산의 모습이 화면에 비춰지며 필름이 돌아갔다.

　툭! 잠시 후 필름이 멈췄다.

　"어떻습니까? 기억하시겠습니까? 채나 씨!"

　새치가 희끗희끗한 오십대 동양인 남자가 미소를 지으며 물었다.

　미국 내무부 산하에 있는 지질조사국장 세미 리였다.

　반갑게도 한국계 미국인으로 한국 이름은 이동규였다.

　"이렇게 화면으로 봐서는 전혀 모르겠네요!"

　"쳇! 전에 딱 한 번 돌아봤는데 어떻게 우리 산인지를 알아?"

　"후후! 원래 산이나 바다는 비슷비슷해서 기억하기가 쉽지 않아."

　잘 정돈된 사무실의 넓은 소파에 앉아 저편으로 비춰지는 영상을 감상하던 채나의 엄마인 이경희 교수와 채나가 우거지 인상을 썼다.

케인이 맞장구를 쳤고.

"그렇습니다. 케인 박사님 말대로 산은 모양이 다 비슷합니다. 뭐 기억을 못하셔도 전혀 상관없습니다."

세미 리 국장이 카메라를 끄면서 말을 받았다.

"저희 연구원들이 컴퓨터까지 동원해서 정확히 일 피트까지 측량했습니다. 저 산은 국유지가 아니라 분명히 채나 킴의 이름으로 등록돼 있더군요. 심히 유감스럽게도……."

"헤헤헤!"

세미 리 국장이 미소를 지으며 유감스럽다는 조크를 던지자 채나가 킥킥댔다.

"저 광대한 산속에 무려 1조 달러에서 2조 달러의 백금이 매장돼 있습니다."

세미 리가 채나에게 다가와 손을 내밀었고.

"축하드립니다. 세계 제일의 사격선수, 세계 제일의 뮤지션, 세계 제일의 슈퍼스타에 이어 세계 제일의 부자가 되셨습니다. 김채나 씨!"

이렇게 선포했다.

"우헤헤헤헤헤헤헤헤헤헤ㅡ"

채나가 아주 통쾌하고 길게 웃음을 터뜨렸다.

"짱 할아버지가 물려주신 로키산맥 땅에 현시가로 1조 달러에서 2조 달러나 되는 백금광이 묻혀 있다!? 역시 울 할아버지는 보통 사람이 아냐. 땅속까지 꿰뚫어보시거든!"

"후우… 정말 짱 할아버님은 굉장한 분이시다."

"할아버지가 확실하게 약속을 지키셨네. 돌아가시기 전에 울보에게 미국 땅 반을 물려주신다고 하시더니 거짓말이 아니셨어. 후후후!"

"아니, 아니, 아직 아니지! 계산을 해봐야지. 미국 땅 반이면 달러로 계산하면 얼마나 되나? 2조 달러가 넘나? 우헤헤헤!"

채나가 너무너무 기분이 좋은 듯 좀처럼 웃음을 그치지 않았다.

기분이 좋을 만도 했다.

짱 할아버지가 돌아가시면서 채나에게 물려줬던 로키산맥의 십분의 일쯤 되는 땅.

채나가 산골짜기 황무지라고 투덜거렸던 그 땅.

그 땅속에 미화 1조 달러에서 2조 달러 가치의 백금광이 묻혀 있었던 것이다.

미국 내무부 산하 지질조사국에서 3년여에 걸친 조사 끝에 정확히 확인했고!

"이건 채나 씨뿐만 아니라 우리 미국의 이익에 중대한 영향을 미치는 대외비입니다. 당분간 극비에 붙여……."

"우헤헤헤헤헤!"

세미 리 소장의 당부는 더 이상이 이어지지 못했다.

채나의 웃음소리가 사무실을 떠나갈 듯 울렸기 때문이다.

"헤헤헤헤—"

10분쯤 뒤, 채나의 요란한 웃음소리를 한 귀로 흘리던 세미

리 국장이 창가에 서서 지질조사국 정문을 걸어 나가는 채나 일행을 물끄러미 쳐다봤다.

"확실히 신은 불공평해. 세계 제일의 슈퍼스타면 됐지 무슨 세계 제일의 부자까지 만드시나 그래?"

세미 리 소장이 언젠가 백악관 카드 비서실장이 했던 말과 토시하나 틀리지 않는 말을 했다.

"그래! 나 세미 리야. 자네를 좀 만났으면 좋겠군. 오늘 저녁 당장! 힌트? 살짝 주지. 채나 킴 알지. 이제 명실공히 세계 제일 부자가 됐네. 오케이! 일곱 시에 만나세."

"알아, 알아! 요새 신문들 다 고전하지 뭐. 뉴욕 타임지라고 별수 있겠어. 그래도 5천 달러는 안 돼. 만 채워. 그럼! 채나 킴 쪽이 있지?"

"요즘 물가가 얼마나 센데 만 가지고 안 돼! 당신네 NBC에서 어렵다면 ABC로 가는 수밖에!"

"오! 한국 날씨는 어때? 전국이 꽁꽁 얼어붙었다고? 좋아! 그럼 내가 얼어붙은 대한민국을 확 녹여주지. 내 계좌 알지? 일단 천만 원만 쏴. 채나 킴에 관한 소식이야. 당연하지. 자네가 처음이야. 특종이야, 대특종!"

또, 이렇게 미국과 한국에 네 통의 전화를 때렸다.

미국의 국익에 관련된 사항임으로 당분간 철저히 비밀을 지키기 위해서였다.

결코 돈을 받고 정보를 팔아먹는 것은…….

버지니아주 레스턴 시.

미국 정부 내무부 산하에 있는 지질조사국(USGS) 본부.
그곳에서 채나는 공식 통보를 받았다.

당신은 세계 제일 부자입니다.

『그레이트 원』 9권에 계속…